✶ 致敬页 ✶

谨以此书献给我的外祖父、外祖母麦吉尔夫妇。

——丹尼尔·肯尼

谨以此书献给我的父母：杰瑞和德鲁·布莱克。我永远爱你们！

——艾米丽·博艾尔

汉密尔顿游乐园

拉芬斯堡

中央公园

拉芬斯堡高中

拉芬斯堡初中

费利克斯家的树屋

数学侦探

神秘路线上的连环追踪

[美] 丹尼尔·肯尼　艾米丽·博艾尔／著

刘玙婧／译

CTS 湖南文艺出版社
HUNAN LITERATURE AND ART PUBLISHING HOUSE

小博集
BOOKY KIDS

THE MATH INSPECTORS BOOK 2: THE CASE OF THE MYSTERIOUS MR. JEKYLL
by Daniel Kenney and Emily Boever
Copyright © 2015 by Daniel Kenney & Emily Boever
Published by arrangement with Taryn Fagerness Agency through Bardon–Chinese Media Agency
Simplified Chinese translation copyright © 2020 by China South Booky Culture Media Co., Ltd.
ALL RIGHTS RESERVED

著作权合同登记号：图字18-2020-026

图书在版编目（CIP）数据

数学侦探：神秘路线上的连环追踪 /（美）丹尼尔
·肯尼（Daniel Kenney），（美）艾米丽·博艾尔
(Emily Boever) 著；刘玙婧译. -- 长沙：湖南文艺出
版社，2020.8（2023.7重印）
书名原文：The Math Inspectors Series
ISBN 978-7-5404-9677-7

Ⅰ. ①数⋯ Ⅱ. ①丹⋯ ②艾⋯ ③刘⋯ Ⅲ. ①儿童小
说－中篇小说－美国－现代 Ⅳ. ①I712.84

中国版本图书馆CIP数据核字（2020）第082582号

SHUXUE ZHENTAN：SHENMI LUXIAN SHANG DE LIANHUAN ZHUIZONG
数学侦探：神秘路线上的连环追踪

作　　者：〔美〕丹尼尔·肯尼　艾米丽·博艾尔
译　　者：刘玙婧
出 版 人：陈新文　　　　　　　责任编辑：丁丽丹
策划编辑：郭鑫鑫　　　　　　　特约编辑：朱凯琳
营销支持：付　佳　　　　　　　版权支持：刘子一　文赛峰
封面设计：马俊赢　　　　　　　版式设计：马俊赢
出　　版：湖南文艺出版社
　　　　　（长沙市雨花区东二环一段508号　邮编：410014）
网　　址：www.hnwy.net　　　　印　　刷：北京天宇万达印刷有限公司
经　　销：新华书店　　　　　　开　　本：855 mm×1180 mm　1/32
字　　数：66千字　　　　　　　印　　张：5.75
版　　次：2020年8月第1版　　印　　次：2023年7月第2次印刷
书　　号：ISBN 978-7-5404-9677-7　定　　价：25.00元

若有质量问题，请致电质量监督电话：010-59096394
团购电话：010-59320018

阳光公立中学

中央大街

老米尔特兔屋

拉芬斯堡镇地图

目 ✴ 录

I

格蒂　　　费利克斯　　　斯坦利　　　夏洛特

第一章

10月30日，晚上10点16分

一轮明月在拉芬斯堡镇上空升起，整个小镇都沉浸在冷冽静寂的氛围中。

此时，一个蒙面人正沿着街边的黑暗处潜行，他的身影和漆黑的夜晚融为一体。

走着走着，蒙面人在橡树街和范德比尔特大街交汇处的角落停了下来，站在一排高高的灌木丛底下，抬头看着天空。

所有的工作到了最后一步都是最艰难的，耐心是解决问题的唯一方法。

当云层遮住了月光，蒙面人迅速离开了灌木丛，敏捷地穿过艾达·雷尼家的草坪，在她家的后门前停了下来。艾达·雷尼家后门的自动报警装置已经被蒙面人在前一天晚上拆除了。

蒙面人从身后的绿色大背包里拿出一块骨头，塞进后门下方一个让宠物自由进出的小门里。闻到气味的小狗朝门口奔了过来，高兴地咬着骨头在地上打转。

10 秒钟后，蒙面人找准时机，嘣的一声，小狗倒在了地上。

蒙面人笑了起来，将晕倒的小狗从门里拉了出来。他随后又从背包里翻出了工具，准备开始进一步行动。

蒙面人先是从背包里拿出一把电动剃须刀，按下开关，然后摇了摇彩色的喷漆罐，接着就是很长一阵喷东西的滋滋声。

　　大功告成。蒙面人将狗小心地送回门里，又将骨头放回包内。

　　随后，蒙面人背着包消失在一片漆黑的夜里。

第二章

万圣节

　　"我爷爷说老米尔特鬼屋是世界上最刺激的鬼屋。"

格蒂说,"然后我就问,真的吗?那特兰西瓦尼亚算什么?

德古拉的家乡肯定有更多特别酷炫的鬼屋。"①

　　格蒂拉着斯坦利的手,跟在夏洛特和费利克斯后面,

---

① 德古拉是布兰姆·斯托克同名小说的主人公吸血鬼,因《德古拉》
　 风靡世界,他几乎成了"吸血鬼"的代名词,而他的家乡特兰西
　 瓦尼亚也被认为是吸血鬼的集中地。——编者注(本书注释均为
　 编者注,以下不另注明)

他们正努力穿过老米尔特鬼屋的第三层。这座阴森残破的鬼屋是拉芬斯堡小镇里最受欢迎的万圣节游乐地。

"快看，伙伴们。"夏洛特指着天花板上悬挂着的和马一样大的几个黑影，"是蜘蛛，真可爱。"

费利克斯抬头看了看。"我还是更喜欢去年的巨型水蛭，当然，这只是我的个人意见。你呢，斯坦利？"

斯坦利惊恐地看着天花板上的巨型蜘蛛。那东西让他想起了《指环王》①里的场景，他不禁打了个哆嗦。

"斯坦利，"格蒂小声说，"你快把我的手腕握断了！"

"哦，对不起。"斯坦利小声应和着。他甚至能听出自己发出的每个音都在颤抖。

"我还是没办法相信这家伙居然来了。"夏洛特说。

费利克斯笑了起来。他说："怎么，你是指过去三年斯坦利每年都答应万圣节跟咱们一起进鬼屋，却只敢

———————————
① 《指环王》：一部著名的美国电影，影片中有一只恐怖的巨型蜘蛛。

陪咱们到停车场吗？"

"别理他们，斯坦利，"格蒂说，"你做得很棒。我数了数，你今晚像小孩儿一样尖叫的次数只有五六次。还有，你一次都没有哭。"

格蒂在巨大的蜘蛛网中拨开了一个口子，斯坦利紧闭着眼睛从中间穿了过去。格蒂拍了拍他的肩膀说："看，我告诉过你，什么都不会发生的。我们马上就走完了，可能最后还有一个大的……"

"哇哇哇哇！"

一只黏糊糊的手不知从哪里伸了出来，抓住了斯坦利，然后将他拖向墙上的一个黑洞。斯坦利用尽全身力气尖叫着。

格蒂立刻扑地，一把抓住斯坦利的腿，试图靠自身的重量赢下这场拔河比赛。可是这个方法并没有奏效。

斯坦利眼睛瞪得大大的，他惊恐地观察着周围的一切。强光从四面八方射在他的脸上，使他根本无法看清到底是什么东西在抓着自己，将他径直拖向墙上的大洞，这时斯坦利才意识到这个洞其实是一张巨嘴，而且就只离他几步远了。

"格蒂，救命啊！我还年轻，我还不想死！"他拼命呼叫着。

格蒂仍然死死拽着斯坦利的脚踝，就像开船前从海底收起的锚一样。格蒂离洞口越来越近，每挪动一寸她就会挤出几个字："真的……是……有史以来……最刺激的……鬼屋！"

"费利克斯！夏洛特！快来帮我！"斯坦利尖叫着。

费利克斯并没有上前，而是对夏洛特咧嘴坏笑道："可能他很享受呢！"

"我怀疑并不，"夏洛特说道，"但是，放手吧，格蒂！这对他有好处。"

于是，斯坦利感到格蒂松开了他的脚踝，他一下就被拉进可怕的黑洞里，格蒂的声音在空中回响："克服你的恐惧，斯坦利，克服它！"

斯坦利扑通一声，一头栽进一条黑暗而扭曲的隧道里。他感觉有很多双手抓着他，蜘蛛网把他困住，周围一双双发光的眼睛正直勾勾地盯着他。

这样的场景让斯坦利更害怕了，他几乎用尽了吃奶的力气尖叫着。

正当他觉得下滑的速度已经超过极限的时候，他从隧道里冲了出去，穿过夜晚徐徐的凉风，落在一个海绵一样软的大坑里。

他还活着。

几分钟后，他决定睁开眼睛看看他掉到了哪里。他发现自己居然掉进了一个到处都是恐怖玩偶的坑里，他再次害怕得尖叫起来。

斯坦利抬起头，看见一个名牌上写着"里基"的工作人员朝他走来。"刚才那个跟头栽得漂亮啊，兄弟！我们有规定，凡是通过死亡隧道的人都可以得到一个玩偶。你要哪个？鼻涕虫还是呕吐鬼？"

"你说什么？"斯坦利一边惊慌地问，一边从坑里往外爬。

里基拿出两个玩偶。他先摇了摇黄色的玩偶，说："这个家伙的名字是鼻涕虫。"随后，他又摇了摇绿色的玩偶，说："这个可爱的小不点儿是呕吐鬼，你想要哪个？"

"我哪个也不想要！"斯坦利嘟囔着。

里基耸了耸肩，说："很多孩子都选了鼻涕虫。"说着他便将黄色的鼻涕虫玩偶塞进斯坦利的怀里，然后走开了。

斯坦利下定决心，从此以后再也不要踏进老米尔特

鬼屋了。至于死亡隧道和那个叫里基的家伙，他更是再

也不想提起了。

　　之后他跌跌撞撞地坐在街边的长椅上，摘下了眼镜，

将头埋在两腿中间，试图让自己冷静下来。

　　突然，他又听见了从老米尔特鬼屋传来的疯狂的尖

叫声。他抬起头，呆呆地望着老米尔特鬼屋。

为什么格蒂和其他人会觉得被吓是一件很好玩的事呢？对斯坦利·克鲁索来说，这世界上没有什么比这更糟糕的了。

"嘿，胆小鬼！"一声粗哑的低吼向他传来。

斯坦利吓得跳了起来，他本以为这声音是冲他来的，但其实，那是对赫尔曼·戴尔说的。而这沙哑的声音毫无疑问属于德尔万·超德。

赫尔曼是个瘦小的孩子，他的穿着很奇怪，平时也不爱说话。不过，这主要是因为他刚转学过来。德尔万则是学校里的小霸王，经常欺负其他同学。但斯坦利发现，德尔万最近总是喜欢欺负赫尔曼。

赫尔曼没有理会德尔万那伙人，而是默默地独自离开了老米尔特鬼屋。

"哟，斯坦利，你真是太棒了！"

斯坦利又被这突如其来的声音吓了一跳。

他看见费利克斯、夏洛特和格蒂正从老米尔特鬼屋跑出来。

"你穿越了死亡隧道啊，斯坦利！"格蒂说，"我一直都没机会穿越死亡隧道，你太幸运了！"

斯坦利怒气冲冲地瞪着他们说："对，我真是太幸运了。我真要感谢你们每一个人，你们这些我曾经所谓的朋友，没有在第一时间解救我！"他把怀里黄色的玩偶塞给了格蒂。

"是鼻涕虫！"格蒂尖叫着，"朋友们，快看这鼻涕虫多可爱啊！斯坦利，说真的，死亡隧道怎么样？"

斯坦利摇了摇头，说："我……我不想再提这件事了。"

"他是对的。"费利克斯说，捶了一下斯坦利的后背，"这个时候，我们应该少说话，多吃东西。谁要去吃安德热狗？"

"我不知道，"夏洛特边说边用余光观察着斯坦利，"也许，我们该回家了。"

格蒂点点头说："好啊，去吃安德热狗听起来确实是个不错的主意，但是他们几个看起来好像并不太愿意。"

"别这样嘛，朋友们，"费利克斯说，"这可是万圣节的传统啊，那里肯定已经排了很长的队，没准儿安德先生已经变成好人了呢。"

"这个世界上只有两个东西永远不会改变，费利克斯，"斯坦利说，"除了数学公式，就是弗兰克·安德的态度。"

虽然嘴上说着这些，小伙伴们还是不由自主地在一个破旧的小吃摊前排起了队。他们整齐地站成一排，随时等待前面的人走后，迈步上前。

"今年我一定要在我的三倍辣的吉娃娃热狗上加点

儿巧克力酱。"费利克斯低声在格蒂耳边说道。

"快闭嘴，费利克斯，"格蒂厉声说，"你想干吗？"

斯坦利在心里想了一遍他想要点的餐，然后望着眼前摇摇晃晃的热狗摊又想起了老米尔特鬼屋。

在热狗摊上，一个生锈的牌匾上写着几个蓝色的大字"安德热狗"，下面有一行小字"弗兰克·安德，热狗天才"。斯坦利不禁好奇，他父母小的时候，排队来吃热狗时，是怎么和安德先生打交道的。

队伍最前面的女孩儿拿着热狗走了，但是哭得很大声。她后面的男孩儿也一样没有幸免。好在之后的三个男孩儿没有哭出来，只是眼泪在眼眶里打转。排在费利克斯前面的男孩儿也离开了，他的样子看上去也很难受。

"下一个！"安德先生在热狗摊上暴躁地吼着，"你要什么，你这个红头发竹竿？"

费利克斯伸出左腿，向前迈了一步，把买热狗的钱

一分不差地放在热狗摊上，大声说："我想要一个三倍

辣的大份吉娃娃热狗，上面加巧克力酱和芥末酱。"

"贝尔彻套餐？"安德先生边说边把他油腻的手往

左肩搭着的脏毛巾上擦了擦，"我觉得你既然没什么朋友，

那到底吃了什么和嘴里有什么味道也就不重要了吧？"

费利克斯站在那里一动也不动，他甚至不敢呼吸，只是悄悄地等着。

一分钟之后，安德先生把做好的热狗扔给了费利克斯。"万圣节快乐，小竹竿，看见你就想吐，在我吐之前赶紧从我眼前消失。"

费利克斯紧紧抓住他的吉娃娃热狗，精确地向左转了 45 度后离开了。格蒂赶紧往前挪了一步。

"下一个！"安德先生大吼。

"我想要一个……"

"我说下一个！"安德先生大吼。随后，他将头伸出热狗摊外，上下左右看了一圈，就像在找什么东西似的。每动一下，他头上仅剩的几根头发就会上下颤抖。

"我怎么没看见这里有人，这人在哪儿呢？"之后他猛一下看见了格蒂，摸了摸自己的胸口，说："你在这儿啊，别悄悄地出现，想吓死我吗？你想要什么？"

斯坦利看见格蒂的耳朵变红了。她抑制着怒火低声回答："请给我一个小腊肠热狗。"

安德先生看了一眼格蒂，然后把手放在嘴边，像知道了什么秘密一样，悄悄地说："你确定你这么吃不会胖吗？"

斯坦利从没见格蒂这样克制过自己，她的耳朵红得发亮，但她什么也没说。

安德先生幸灾乐祸地笑着，随后扔给格蒂一个棕色的袋子，接着把头扭到一边，说："赶紧走，矮冬瓜，最好再多吃点儿。"

轮到夏洛特了。她盯着安德先生的眼睛，什么也没说。安德先生也盯着夏洛特看了一会儿，随后无趣地拿起夏洛特常点的食物，递给夏洛特，说道："老样子，还是一个中份贵宾犬泡芙。"

夏洛特付了钱，拿了找回的钱，然后把位置让给了斯坦利。

"我想要一个中份老黄狗小饼干。"斯坦利说道。

安德先生冷冷地笑了笑，擦了擦鼻子上的鼻涕，然后拿走斯坦利的钱。他把装有黄色小方块的袋子推到柜台边。斯坦利伸手去拿，安德先生却没有要给他的意思，反而将袋子握得更紧了。他直勾勾地盯着斯坦利的眼睛，而斯坦利连眼睛都不敢眨，慢慢地松开了袋子。

"正如我所料，"安德先生说，"你是个胆小鬼。我把这个拿去喂和你一样胆小的猫怎么样？"

安德先生松开了热狗袋子，斯坦利拿着袋子小心翼翼地走到放置调味品的台子，拿起放番茄酱的容器，上面写着："你知道你还会再来的。"

斯坦利扭头看到其他伙伴已经坐在旁边的餐桌上了。

格蒂正盯着手中的热狗问："你每年是怎么逃脱安德先生的刁难的，夏洛特？"

夏洛特把最后一个泡芙扔向空中，用嘴接住，说道："其实他和其他恶霸没什么区别，你只要向他们表明你并不怕他们，他们就不会再欺负你了。"

"说得容易，"格蒂呢喃着，"给你吧，费利克斯，我不饿了。"

费利克斯笑着接过格蒂的小腊肠热狗。"我告诉你我是怎么做的，"他说道，"轮到我的时候，我就把大脑关闭，什么都不听。不管安德先生想说什么，只要他能做出世界上最好吃的热狗，我就什么都不在意。"

斯坦利叹了口气，说："你有一件事说对了，这真是世界上最好吃的食物。"

在费利克斯吃饱喝足、打了个响亮的饱嗝儿后，伙伴们就动身回家了。

走到他们要分开的路口时，斯坦利迟疑了一下。他望着自己家方向的几个街区，感觉它们比往常更为瘆人。他很庆幸此刻小伙伴们还在他身边聊着天。

"我要去搞点儿免费的糖果了，"费利克斯边说边解开外套，露出里面衣服上的字母 S，"万圣节真好！"

"哦，"夏洛特嘲笑道，"所以你穿个有 S 的衣服是什么意思？紧身衣吗？"

费利克斯把外套和裤子脱掉，展开斗篷，挺起胸膛，双手叉腰，说道："你们要知道，我穿的可是正版的超人服装，你们知道这花了我多少钱吗？"

"这有什么可炫耀的？"夏洛特问，"格蒂，你说这些男孩儿什么时候才能长大啊？"

"你问错人了，"格蒂从包里拿出一副粗边框的眼镜，把头发一扎，看了一眼费利克斯，说："准备好了吗，克拉克①？"

"我跟着你，露易丝②。"

随后他们纵身一跃离开了。

夏洛特注意到斯坦利正一动不动地望着眼前黑漆漆的街道。"你还好吗，斯坦利？"

"哦，当然，再好不过了，万圣节快乐！"斯坦利尽量让自己显得不那么害怕，他跳到了人行道上，假装镇定自若地走着。

可是当夏洛特消失在视野中时，他立刻飞奔了起来。为了以最快的速度回到家，他打算抄条近道，从丁克拉格太太门前的灌木丛中穿过。

但是，在他马上就要穿过杂草丛生的灌木丛时，有

① 克拉克：老版超人系列漫画中的超人形象，身披斗篷，穿着胸前画有"S"标志的紧身衣，文中费利克斯在模仿这一形象。
② 露易丝：老版超人系列漫画中超人的爱人，戴着粗边框眼镜。文中格蒂在模仿这一形象。

个东西突然抓住了他的脚。他低下头，看见一个厉鬼正扭头向他大声咆哮。

斯坦利一边尖叫着一边努力挣脱脚上的束缚，想要逃离灌木丛，不料却被一张巨大的蜘蛛网困住了。

他发疯似的拨开脸上挂着的蜘蛛网，却惊讶地看见一双硕大的血红的眼睛正盯着他。

他吓得快要昏过去了，身体不自觉地抖着。他使出全部的力气摆脱了蜘蛛网和灌木丛，朝家的方向奔去。

但是，有个黑影横在斯坦利和家之间，他惨白的脸上有两个椭圆形的黑洞。黑影手握一柄宽大的银剑，举在头顶，咆哮道："这世界上的所有人都将死去，这才是永恒的真理！"

斯坦利用尽最后一丝力气尖叫着，倒在了地上。

第三章

宣战

斯坦利的周围亮起了手电筒的光，咆哮声变成了嬉笑声。红眼鬼移去了他的面罩，是达伦·辛普森。厉鬼也露出了真面孔，是莉娜·米尔斯。罗南·怀特举着一张巨大的蜘蛛网站在他们旁边。

斯坦利发出一声长长的咆哮。毫无疑问，这是英语社团干的!

"嘿，斯坦利，"手握长剑的黑影——波莉·帕特

里奇——说道，"你这么喜欢数学，那么请告诉我，你刚才被吓得尿裤子的概率有多大？"说着，这四个英语社团的讨厌鬼便哈哈大笑起来。

斯坦利站了起来，拍了拍身上的灰尘。他试图让自己镇定下来，可是身体仍在不受控制地颤抖。"我敢打赌，在这种伸手不见五指的黑夜，用你们这样的方式吓人，任何一个人都会被吓到。"斯坦利说，"这不是什么了不起的成就，波莉。不过，当然了，你们是英语社团，你们本来就不习惯取得'了不起的成就'。"

波莉摘下面具，走上前来。

斯坦利看着波莉。在手电筒灯光的照射下，即使她脸上还有可怕的妆容，但那棕色的长发和完美的身材还是让她显得那么漂亮。可是，为什么这样一个漂亮的姑娘却如此邪恶呢？斯坦利完全无法理解。

波莉和她的同伴在斯坦利周边围了一个圈。

"你们想干什么？"斯坦利问道，"把我吓死？"

"听着，斯坦利，你让艾布拉姆斯局长在电视上和我叫板可不是绅士之举。"

"所以你就设计了这个鬼把戏来报复吗？"

"这算什么，这只是在公平竞争的宇宙法则下的一个小小警告。听着，斯坦利·克鲁索，我们正式向你们几个数学呆子宣战。"

"说起战争，波莉，你知道1812年的战争是什么时候发生的吗？哦不，等等，你可能不知道，因为这里面也含有数字。现在，你和你那帮诗歌爱好者为什么还不去山洞里点上蜡烛，诵读鲍勃·莎士比亚？"

"威廉·莎士比亚①，你这个笨蛋。"

"是啊，我听说他也不错。"

---

① 威廉·莎士比亚：英国文学史上最杰出的剧作家、诗人。

波莉靠近斯坦利，用手指戳着斯坦利的胸膛，盯着他说道："正如我所说，斯坦利，我们向你们宣战。"斯坦利定在那里，眼睛都没有眨一下。

终于，波莉打了个响指，说道："走吧，伙伴们，我们得在咖啡店关门之前离开这里。"

斯坦利看着他们离开，然后小跑 20 多英尺 ① 来到家门口，跳上台阶，以最快的速度钻了进去。

---

① 英尺：英美制长度单位，1 英尺约等于 0.30 米。

第四章

绝密文件

"真是一群讨厌鬼。"夏洛特说。因为过于气愤，她差点儿没把 6 号球打入袋。她看着斯坦利，说："我昨晚就该把你送回家的。之后他们还做了什么？"

"他们跑去咖啡店了。"斯坦利说道。

四个小伙伴此时正在夏洛特家的地下室，充分利用万圣节第二天延后的上学时间打一场八球^①比赛。

---

① 八球：台球的一种。

地下室是 20 世纪 70 年代的装修风格，墙壁上贴着人造木板，地板上是深棕色的地毯。地下室的空间很大，足以容纳一张台球桌。四个小伙伴每次上学时间延后都会来这里见面。

"这不对啊，兄弟，根本不可能。"费利克斯叹了口气说，"你确定波莉参与了这一切？"

格蒂翻了个白眼，说："最后一次，费利克斯·德维什。波莉·帕特里奇根本不知道你是谁，即使她知道，她也是咱们的敌人。你最好搞清楚这点！"

费利克斯坚持道："那也是可爱的敌人。"

"费利克斯！"格蒂咆哮。

"好的，好的，我知道了，波莉是咱们的敌人，她是邪恶、卑鄙、无耻之徒，嘚啵嘚，嘚啵嘚。"

格蒂转向斯坦利说："你终于知道她有多邪恶了吧？"

斯坦利对准了一个很难打中的球。"我一直都知道，"

他说，"但是波莉以前没跟咱们正面冲突过。所以我们必须有所准备了。1 号球，左上角的球袋。"

只见母球准确地击中目标球，反弹到一边，而黄色1 号球撞边后，猛地弹进了左上角的球袋里。

"你有什么想法吗？"夏洛特问。

"我们一定得监视她，"费利克斯说，"不，是他们，监视他们。"

"记住，她根本不知道你是谁。"格蒂边说边在球杆上擦了点儿粉。

这时，斯坦利的手机响了。他看了一眼来电号码，惊讶地说道："是埃文斯警官。"他接起了电话："你好，埃文斯警官，有什么事吗？"斯坦利边听边点头，最后他对着伙伴们竖了个大拇指，"如果你真的认为我们可以帮上忙，我们现在就过去，谢谢了！"

斯坦利挂了电话，说道："咱们的战争得稍微放一

放了，有更重要的任务了。"

"任务来得正好。"格蒂说。

"是时候展示真正的技术了！"费利克斯呼喊道。

✳

当数学侦探们抵达拉芬斯堡警察局后，埃文斯警官把他们领到一个中间摆着长桌的房间里。桌子上有四个蓝色的文件夹，他指了指座位，示意孩子们坐下。

"我已经给你们复印了卷宗。"

斯坦利抬起头，说："等一下，在克莱摩尔钻石案里，我们甚至没有机会看警方的报告，现在你却给了我们整个案子的卷宗？"

夏洛特点了点头，说："你的原话是'不行，斯坦利，警方的报告是警察内部才能调阅的文件。孩子们，听我的，赶紧回家吧。'"

格蒂用手指敲着桌子，问道："是什么改变了你们的想法？克莱摩尔钻石案已经过去整整六周了，坦白地讲，我们没有受到公正的对待，但是为什么你刚才又打电话让我们来帮助你们侦破另一个案子呢？"

"是啊，"费利克斯也点点头，"你别误会了。我们刚开始只是为了找个理由吃零食，才偷听警察的对话的。而且像抢劫这种事在镇上也就……呃，发生了这么一次。我们已经无所事事很久了。"

埃文斯打开了文件夹问："你们抱怨完了吗？"

费利克斯摸了摸下巴，说："还没有，因为我现在想知道甜甜圈在哪里？"

"你说什么？"埃文斯问。

"甜甜圈。我们都知道，警察局垄断了镇上所有的甜甜圈生意。我很好奇你们一般把甜甜圈放在哪里，是有一个秘密储藏室吗？"

埃文斯摇了摇头，从文件夹里拿出一张纸，说："我们现在面临的一个主要问题是，一个连环案的罪犯仍然逍遥法外。"

"你们有草莓味的甜甜圈还是巧克力味的？"费利克斯问。

夏洛特朝费利克斯的肩膀打了一拳。

"这个连环案的罪犯称他自己为杰基尔先生。"

"是什么样的案件？"斯坦利问道。

"故意毁坏财物。有一条线索是，他每犯一次案，都会用蓝色记号笔或喷漆在犯罪现场写上'杰基尔先生'几个字。我们现在的调查还没有什么进展，在和艾布拉姆斯局长讨论后，我们一致认为你们这些孩子的视角也许可以帮到我们。"

"为什么你们会有这样的想法？"斯坦利继续问。

埃文斯站了起来，说："拿着这些文件好好研究一下，你们就知道为什么了。然后你们再来警局，告诉我你们的想法，好吗？"

斯坦利举起文件夹，问："所以这些归我们了？"

埃文斯点了点头说："都是你们的，但是不要给学校的其他人看，这是绝密文件。而且，除了你们的父母，你们最好不要告诉其他人你们在帮我们寻找连环案罪犯。

因为到目前为止，我们还没有将这几起案件公之于众，希望罪犯还没有警觉,这样他继续犯案时就会露出狐狸尾巴，明白吗？"

孩子们点了点头。

埃文斯一离开房间，费利克斯就激动地用拳头砸了下桌子，说道："绝密文件！我感觉自己就像一个真正的警察，当然，如果能找到那些甜甜圈就更好了。"

这时，门又开了，埃文斯再次出现。他扔给费利克斯一个东西，费利克斯伸出手接住，是一个巧克力甜甜圈。费利克斯瞪大了眼睛，埃文斯笑着关上了门。

费利克斯咬了一大口甜甜圈，满足地舔了舔嘴唇，说道："正如我所料，他们有一个甜甜圈秘密储藏室。"

第五章

胜利属于我们

四个小伙伴匆匆忙忙赶到学校。斯坦利在晨训开始之前溜到了座位上。

"早上好，拉芬斯堡初中的同学们！"库林校长的声音从广播里传了出来，"希望你们昨晚吃了足够多的糖，并且已经把你们的父母折磨疯了！还有一个好消息，我们的排球队又赢了一场比赛。这让我们学校直接进入了紧锣密鼓的季后赛的比赛中。"

035

斯坦利根本没听，他正在思考杰基尔先生的案子。

"今天社团活动的安排是，"库林校长继续说道，"科学社团的活动将在下午 3 点 7 分准时开始。"

"哇哦！硝化甘油！"布莱兹·布朗和哈里·门德尔在斯坦利右边欢呼着。

库林校长继续说："象棋社团的活动将在下午 3 点 10 分开始。"

"我们一定要控制情绪……到将死之局！"谢巴赫·托尼在斯坦利左侧高兴地咯咯笑。

"最重要的是，"这时喇叭里又传出了声音，"大家要把周五晚上空出来，全力支持我们学校的毛毛虫橄榄球队与阳光公立中学的战斗蝴蝶队一决高下。拜勒姆教练说今年我们一定能夺得梦寐以求的水晶杯！"

"我们一定能碾碎那些彩色的虫子！"坐在教室后方的德尔万·超德重重地在桌子上捶了一拳。

库林校长用一贯的口头禅结了尾："好了，各位老师，接下来看你们的了。"

斯坦利把资料放回文件夹，装到双肩包里，然后拿出了厚厚的社会科学课本。

"不看侦探小说了？"波莉的声音从斯坦利的肩膀后方传来。她就坐在斯坦利的左后方，一直在监视斯坦利的一举一动。

斯坦利扭过身，冷冷地看了波莉一眼，说道："事实上，我们被你妈妈雇佣，想要侦查出你身上的一丝人情味，但是我告诉她，这不可能。"

"克鲁索同学，"拜勒姆教练喊道，"我看你今天表现得很活跃，不如就从你开始吧。"

"哦，不，"斯坦利想，"千万别让我做这个呀。"

拜勒姆教练十指交叉，笑道："来这里，克鲁索，让大家看看你做得怎么样。"

斯坦利站起来，走到教练身旁，转身面对大家。他发现班上的其他人都像猎人看猎物一样盯着他。

"克鲁索同学，"拜勒姆教练用大赛前动员队员的语气喊道，"今天是什么日子？"

"今天是 11 月 1 日，周二，教练。"

拜勒姆教练凑近斯坦利的耳朵说："斯坦利，你知道这意味着什么吗？记住，如果你这次做得不好，全班同学都得跟你一起接受惩罚。"

斯坦利一怔，正想要退缩，却看见了波莉。她正悠闲地靠在椅子上，脸上挂着笑容，似乎在等着看好戏。

斯坦利高举拳头，把害羞和尴尬抛在脑后，大声喊道："这意味着胜利永远属于我们的橄榄球队，教练！"

最后一堂课的下课铃终于响了，斯坦利冲到他的储物柜前。布莱兹·布朗的储物柜在他旁边，斯坦利刚到，布莱兹已经关上他的储物柜门了。哈里·门德尔也在那儿，他俩正聊得兴奋不已，但看见斯坦利后，两人停了一下，交换了个眼神。

"是啊，哈里，"布莱兹说，"我们一定得找时间看看那部电影。"

"什么电影？"哈里问道，"哦哦，电影。"他朝布莱兹眨了眨眼睛，"那个电影啊。"

"哦，你好呀，斯坦利，"布莱兹说道，"我们刚才没注意到你在这儿。已经下午 3 点 4 分了，我们得赶紧去参加科学社团的活动了，快点儿，哈里。"

斯坦利耸了耸肩。这帮科学社团的人一直不是很好相处。但是，今天很奇怪。

当斯坦利穿外套的时候，他还是很好奇，他们到底在筹划什么。

第六章

聪明的小猫

　　数学侦探社的小伙伴们一回到费利克斯家的树屋，就开始研究杰基尔先生案。

　　格蒂抽出一份警方的报告，说："亨利·胡德，咱们镇的汽车维修工，他走进维修间的时候，突然发现正在维修的七辆车的风挡玻璃上，被人用蓝色的喷漆喷了字——'杰基尔先生'。而且，所有车的玻璃水也被人替换成了蓝色墨水。"

费利克斯拿出了另一份报告，说："玛丽亚·洛温斯坦，拉芬斯堡初中的啦啦队教练。正准备到客厅给啦啦队编排一支新舞，却发现她的花球被染成了蓝色，还害得她不得不将昂贵的真皮沙发也换掉。而花球的手柄上也写了'杰基尔先生'。"

"小镇北边的水塔，"夏洛特边说边吹了个泡泡，"有人在上面画了个皱着眉的脸，另一侧也用蓝色喷漆写了大大的'杰基尔先生'五个字。"

"更奇怪的是这位波波先生。"斯坦利说。

"等等，竟有人叫这个名字？"费利克斯问。

"不，不是人，是艾达·雷尼女士的一只拉萨狮子狗。她在万圣节的早晨被波波先生的嚎叫声吵醒了。"

"可是所有的小狗都会嚎叫的。"格蒂说。

"是的，但是这位波波先生身上一半的毛都被人剃掉了，而且它身体上还被蓝色喷漆留下了'杰基尔先生'

五个字。"

费利克斯仔细翻了下文件夹说："这里面至少还有十几起类似的案件。作案手法和留下的线索基本一致——蓝色字体的'杰基尔先生'五个字。"他转念一想，说："为什么我们不能像他一样有个响当当的名号？或者我们至少该有个甜甜圈储藏室呀。"

夏洛特拿出另一份警方的报告，大致看了眼说："这些案件看起来都是即兴作案。我打赌肯定是想要引起社会骚乱的变态做的，他想让作案看起来是随机的，所以没人能找到线索。"

格蒂摇了摇头，说："这些案件并不仅仅是随机的。每起案件看上去都像恶作剧，我的意思是，对孩子来说都很好玩。但是我们的父母会感觉很恐怖。"格蒂举起一张犯罪现场的照片，上面是十二只跑动的灰色老鼠，每只老鼠都穿着粉色的芭蕾舞短裙，裙子上用蓝色墨水写着"杰基尔先生"。

斯坦利调整了下眼镜，说："这也许就是埃文斯要找我们的原因了。警察们已经大致勾勒出这位杰基尔先生的形象了，他们在找的犯罪分子是一个孩子。"

"什么？所以他们要用我们这些孩子来抓孩子？"夏洛特问。

斯坦利耸了耸肩，说："我猜应该是的，但是我不会用孩子的方法解决这个案子。我们有自己的解决方法，所以我们得……"

"用数学侦探的方法！"费利克斯一边喊一边跳起来，将胳膊和腿在空中伸开，组成了剪刀形状。但是他落地的时候，不小心碰到了旁边的桌子，导致他向后翻，脸朝下摔在了树屋的地板上。

"哎哟！"他一边呜咽着，一边把脸从地上拿开。

斯坦利弯腰把他拉了起来，问："你想干吗？"

费利克斯做了个痛苦的表情说："不是很明显吗？我刚才想到，作为侦探，我们离超级英雄只有一步之遥，所以我们一旦被召唤，就要做一个标志性的动作。比如我们在空中做一个数学的标志，喊一声'数学侦探'。我刚才在空中摆了个乘号，你们没看出来吗？"

斯坦利拍了拍费利克斯的肩膀，说："你真是个奇怪的人，你知道吧？"

"哈哈，谢谢你注意到了这点，所以我们该怎么解决这个案子呢？"

斯坦利把所有犯罪现场的照片摆在桌子上，说："我们首先需要把这些案子理顺。"

"那么我们需要去调查犯罪现场并采访受害者吗？"

"不，"斯坦利说，"那些留给警察去做，我们要从数学的角度开始。可能我们把这些证据往深挖，就会找到一些规律。费利克斯，你觉得你家会有拉芬斯堡镇的地图吗？"

费利克斯感觉被鄙视了，他说："斯坦利，我爸爸可是个地图收藏家，他什么类型的地图都有。"

"那图钉呢？"

费利克斯揉了揉下巴，皱着眉说："好吧，你说对了，我想他应该没有图钉地图。"

斯坦利摇了摇头，说："不，我是问你有图钉吗？"

费利克斯的脸马上由阴转晴，回答道："哦，这个当然有。"

"白板笔呢？"

"肯定有呀。"

"伯尼家的比萨呢？"

"没有了，我把最后两块解决了。"

"赶紧地，费利克斯，我们需要更多的比萨。我们有好多事要做，要是有超大份的意大利腊肠比萨就再好

不过了。"

一个小时后，四个小伙伴吃光了比萨，并且用图钉在地图上标出了所有案件发生的位置。只要有人有新的想法，格蒂就会把它们记录下来，费利克斯负责在网上搜索相关资料，夏洛特负责在她的记忆库中搜索一些证据，而斯坦利试图将所有线索拼接在一起，希望可以找出一些头绪，写在贴有各种犯罪资料的白板上。

费利克斯烦躁地用手抓了抓头发，甚至都忘记了他刚用手抓过油乎乎的比萨。他皱着眉头说："我还是没发现有什么联系。"

"是啊，"夏洛特附和道，"我也认为这些案件都是随机的，没什么关联。"

"没什么希望了，"格蒂边说边递给费利克斯一张纸巾，"要我看，咱们得好好利用警察们认为是'孩子作案'这一点，然后制造一些证据，让波莉和她英语社团的跟屁虫们成为这件事的主谋，然后就可以结案了。"

"这主意不错啊，"斯坦利笑了笑说，"或者，我们可以量一下地图上每个点之间的距离，也许通过测量可以发现关于杰基尔先生的一些蛛丝马迹呢。"

费利克斯开始测量每个点之间的距离，一共 14 个点，这要花费不少时间。但是斯坦利仍然坚持这么做。

当费利克斯量完以后，小伙伴们都坐在一旁用笔在纸上演算着，试图找出这些数字之间的关联。

遗憾的是，一个小时后，他们仍然没有找到任何有用的线索。

夏洛特披上薄外套，说道："我得走了，今晚我还要和我爸爸去野营。"

格蒂打了个哈欠，说道："我也要走了，盯着地图看了这么久，我都快看不清东西了。"

费利克斯看了眼他的手机，说："我得在睡觉前读

点儿东西。"说着便从书包里拿了本书出来，书名是《如何调教一只猫》，"你呢，斯坦利？"

斯坦利盯着地图看了看，然后呆呆地望着远方，说："我要在这里多待一会儿，我讨厌工作第一天没有任何线索的感觉，迄今为止，我甚至对这案子没有任何直觉。"

夏洛特正要打开树屋门的时候，突然停住了。她把手指放在唇上示意大家安静，她歪着头看着树屋后方开着的窗。

这时，所有人都听见了来自阳台地板的咯吱声，一定有人躲在窗户外面。

夏洛特示意格蒂，让她去树屋前面的窗户那儿观察外面的情况。然后她对着费利克斯招手，示意他来树屋的后面跟她一起观察。

待所有人准备好了，她示意斯坦利，让他从树屋下去，跟踪外面的人。但是斯坦利没有动，夏洛特又用手倒数了三下，逼他下去。可是斯坦利还是没有动，其实斯坦利是想动的，只是动不了。他害怕。

夏洛特决定自己去追踪外面的偷听者，她迅速地离开树屋，然后爬到了阳台上。之后她便笑了出来，她从窗户走回了树屋，怀里还抱着一只满脸是棕色碎屑的白猫。

　　"桶桶！"费利克斯生气地喊着，"为什么你的脸上有棕色的……"费利克斯的眼睛瞪得超大，他凑近猫咪闻了闻，"薄荷味的？哦，不，你不是偷吃了我的薄荷饼干吧？！"费利克斯跑去阳台，等着他的只有一盒已经空了的童子军牌薄荷饼干。

　　"什么时候猫都能打开饼干盒了？它连手指头都没有啊。你在开玩笑吧，桶桶，看在薄荷饼干的分上，你在跟我开玩笑呢吧？"

　　斯坦利还是一动不动地站在原地。

　　"你还好吧？"夏洛特问。

　　他点了点头，说："但我觉得我得回家了。"

第七章

新的突破

第二天早上，斯坦利坐在厨房的餐桌上。阳光透过窗户照了进来，照射到墙上。斯坦利一边走神儿一边将盘中的炒鸡蛋围了个圈，并把它们压扁。

"你在上学前还能把盘子里的东西吃完吗？"他的妈妈问。妈妈穿着一身粉色的护士服，还扎了个马尾辫。

斯坦利又去鼓捣盘子里的土豆泥，还在土豆泥的中间挖了个洞。

"回回神儿，斯坦利，"爸爸边说边吃了口鸡蛋，"你妈妈在问你话呢。"

"您说什么？"斯坦利问，"哦，呃，对不起，我刚才在想事情。"

"妈妈，"斯坦利的妹妹雷切尔在一旁问道，"为什么斯坦利总是在想事情？"雷切尔皱着眉头，用拳头将自己的脸颊往上推，看起来像一只花栗鼠。

"因为，"克鲁索夫人笑道，"斯坦利是这个镇上的首席侦探，他现在正在参与一起很重要的案件。"

斯坦利瞪了妈妈一眼说："妈妈您是在拿我开玩笑吗？"

克鲁索夫人边吃水果边笑。"我在鼓励你呢，儿子。"她说，"看样子，你还需要更多的鼓励。"

"我只是感到一团乱，昨天我们看了一晚上的资料，却没有任何头绪，"斯坦利说，"我甚至没发现线索之间有任何关联。"

克鲁索夫人和丈夫交换了个眼神，说："斯坦利，你知道你从不允许自己的盘中超出两样食物的。"

斯坦利低头看了看自己盘中的食物。鸡蛋在盘子的一边，土豆泥在另一边，面包片也在盘子里放着，每样食物之间还有一定的间隔。

"好吧，斯坦利，有些时候食物会混起来，就如同大多数时候，很多事情会混起来一样。这个世界上，不是所有的东西都能完美契合或者有关联的。"

"我知道啊，妈妈，但这就是我喜欢数学的原因。在数学里，任何事情都可以完美地契合在一起。"

他的爸爸擦了擦嘴，摇着头说："事实并非如此，儿子，想想我的工作。我每天都在和数字打交道。作为一个经济学家，这就是我的工作。我知道国家的就业率是多少，知道股市情况如何，知道具体的利率值，还知

道通货膨胀率。但是，有时我用这些数据预测的经济状况还是会和别的银行的人预测的不同。数字也可以很混乱，但当它们看上去很混乱、没联系的时候，你就应该去找最接近的解。"

斯坦利摇摇头，又看了看面前的盘子，说："我觉得是我有些东西没有想到。"他边说边压扁鸡蛋，又围了个圈。

"斯坦利，"爸爸说，"可能你真的有些事情没有想到。"

斯坦利的爸爸用面包片、炒鸡蛋和土豆泥做了个三明治，说："也可能你换个看事情的角度，搞乱一点儿，事情就都能联系上了。啊，真好吃。"

"我，讨厌，混乱。"斯坦利说，似乎是要最后做个总结。然后，他又压扁鸡蛋，围了个圈。

✳

中午，斯坦利跟着一群人走进了学校餐厅，坐到常坐的位置上。夏洛特已经在那里了，露着一脸奇怪的表情。

"怎么了？"格蒂也坐了过来。

"我也不知道，只是有种奇怪的感觉。"夏洛特说。

"你是指斯坦利直觉吗？"格蒂说。

夏洛特眨了眨眼，说："对，斯坦利直觉。刚才我过来的时候，科学社团的人正在这里。可我一走过来，他们就全体安静了。我还看见玛丽·肖把一个东西快速地藏进了外套里。"

"你看见是什么了吗？"斯坦利问。

夏洛特喝了一口水，说："只瞥了一眼，没有来得及看清究竟是什么东西。好像是一张纸，上面有很多条线和数字。"

斯坦利揉了揉下巴，说："我昨天看哈里和布莱兹的行为也有些怪异。"

"哈里和布莱兹一直很怪异。"格蒂提醒道。

"这倒是，"斯坦利说，"但这次的怪异让人感觉他们是在谋划什么。"

格蒂摇了摇头，说："你是在暗示科学社团那帮家伙可能和杰基尔先生案有关？"

夏洛特耸了耸肩，说道："如果这案子真是小孩儿做的，我们就得将本案的嫌疑人范围扩大到整个学校。"

这个时候，费利克斯端着堆有 1 英尺高绿色果冻的餐盘坐了过来。他看了一眼斯坦利，斯坦利无奈地摇了摇头。

费利克斯问道："什么意思？难道你在买饭的时候不想要果冻吗？"他抓了一把果冻，像抛爆米花一样抛到了嘴里。"我刚才错过了什么？"

"夏洛特也有斯坦利直觉了。"格蒂说。

"是吗？那恭喜啊，"费利克斯说，"具体说说？"

夏洛特耸了耸肩，说："我只是对每个行为怪异的人都保留怀疑态度。"

"有哪个犯罪分子会用文学作品里的名字？"格蒂问，"这才是本案的关键疑点，除了英语社团的那帮怪胎，谁还会使用'杰基尔先生'这样的名字？"

斯坦利摇了摇头，说："关于这一点，我也想过，但是书中的名字是杰基尔博士和海德先生①，而不是杰基尔先生。"

"你竟然知道他们英语社团的东西？"格蒂问。

"好书可不是波莉和英语社团那帮家伙的专属品。"

---

① 杰基尔博士和海德先生：著名英国文学家罗伯特·史蒂文森作品《化身博士》中的主人公。杰基尔博士通过药水可以变身成邪恶的海德先生。

费利克斯弯下身，直接将盘子里的果冻吸进嘴里。然后他抬头看了大家一眼，说道："我觉得有可能是象棋社团的那帮人。我刚才经过他们桌子旁边的时候，听见谢巴赫边喊'皇后走到 E5'，边把芝士条放在尼克·尼克森的西兰花旁边。"

"这和我们的案子有什么关系呢？"格蒂问。

费利克斯说："首先，用蔬菜和芝士条下象棋，这很奇怪，而杰基尔先生也很奇怪。两个事情都这么奇怪，我打赌它们之间有联系。其次，我路过他们身边的时候，他们看我的眼神很奇怪。"费利克斯牙上还有绿色的食物残留。斯坦利、夏洛特和格蒂彼此交换了个眼神。

"我得再去打探打探。"费利克斯又拿起餐盘去排队买食物了。

格蒂用笔敲着桌子说："你们真的认为这位杰基尔先生是咱们学校的学生吗？"

"我们确实是这么认为的。为什么不是呢？"夏洛特答道。

"好了，我要去买点儿午餐了，你们两个想要什么吗？"斯坦利说。

格蒂和夏洛特摇了摇头，斯坦利正要站起来，却看到了眼前正在发生的一幕：费利克斯正高高举着堆满果冻的餐盘，朝他们这桌走来。德尔万·超德在费利克斯身后推了他一把，杰克·皮克尔斯又伸出腿绊了他一跤。如果费利克斯不是一心想要挽救他的午餐，情况可能没那么糟。他失去了平衡，踉跄了几步，还努力去保护果冻不掉下来。但没有用的，果冻撒得满地都是，最后随着一声脆响，费利克斯和他的餐盘都摔在了地上，有几粒果冻还掉在了吉娜·冯·格鲁本身上。

斯坦利正要去帮费利克斯，却突然停下了。绿色的果冻撒得餐厅遍地都是，位置看起来也很零乱。但是斯

坦利发现，费利克斯走来的轨迹在一地果冻中形成了一条直线。

斯坦利突然有了些灵感，他想到了拉芬斯堡镇的地图和散落在地图上杰基尔先生作案的各个位置。那些案件看起来毫无关联，但是他突然想到，爸爸说的是对的，有的时候，你可能无法找到最完美的解，但可以找到最接近的解。

当格蒂跑过去帮助费利克斯的时候，斯坦利转向夏洛特，说："放学后咱们在树屋见，我现在有一个紧急问题需要解决。"

第八章

线性拟合

　　"你还好吗，费利克斯？"斯坦利打开了树屋的门说，"我向你道歉，刚才没有及时帮你。"

　　费利克斯抬起头，说："你是说刚才被德尔万在全校学生面前羞辱的那件事吗？我知道你有别的更重要的事要做。"

　　"我已经跟你道歉了，我确实有急事要做。"

　　费利克斯举起平板电脑说："好吧，不是只有你一

个人在做重要的事情。"

"真的吗？"斯坦利问，"你有什么发现？"

费利克斯耸了耸肩，说："只不过是个彻底改变我们生活的东西。过来看这个，你一定不会相信。"

斯坦利凑近费利克斯，问道："你发现了什么？"

费利克斯眨了几下眼，说道："是时候展示我真正的才华了，"他把平板电脑转向斯坦利，"你看这是什么？"

斯坦利看见电脑上有一条弯弯曲曲的线穿过拉芬斯堡的西南部。

"费利克斯，这是什么线？你是怎么做到的？"

费利克斯笑了笑，从牛仔裤的右侧口袋拿出了手机，说："是《糖果1000》App帮了我，这款App在万圣节那天早上一推出，便立即火爆。"

"《糖果1000》App？"斯坦利问，"这和杰基尔先生案有什么关系吗？"

"杰基尔先生案？"费利克斯疑惑道，"当然没有关系了。不，斯坦利，我的意思是我在发挥聪明才智做一些更重要的事，比如明年万圣节如何打破历史纪录，收获史上最多的糖果。"

斯坦利无奈地摇了摇头，说："所以，你所说的事和杰基尔先生案没有关系？"

"等一下，你就不能关注一下对我们来说更重要的事？"

"比如如何更有效率地要糖果？"

费利克斯指着斯坦利说："太对了！"

斯坦利叹了口气，说："好吧，我听听看。"

费利克斯点击了屏幕，边给斯坦利看边说："这就是玉树临风、潇洒倜傥的费利克斯聪明的大脑设计出来的软件。《糖果1000》App会利用我手机里的GPS功能来记录我去别人家要糖的整个路线。"

“这又怎么能帮助你收获更多的糖呢？”

“每次我停在一个地方超过 20 秒，这个 App 就会记录下我的位置。然后，我会根据要糖的经历打分，App

存入所有的信息，分析出我在哪里可以收获更多的糖。举个例子，格蒂和我在那天晚上停留了 72 个地方，我们的行走轨迹就是一条弯曲的线。"费利克斯又点了下屏幕，"根据我的评分，我得到了这个。"说着他又敲了下屏幕，屏幕上的长线消失了，出现了三条短线，一条是绿色，一条是黄色，还有一条是红色。

"我没明白。"斯坦利说。

"这条绿色的线代表着我明年要把这条线上的所有人家都拜访一遍。他们能提供最大最好的糖果，而且还有很多选择，牌子上会写'随便拿'。这条黄色的线上的就一般了，他们只提供一般大小的糖果，而且可选择的不多。"

"那红线呢？"

费利克斯摇了摇头，说："绝对不能去，兄弟，这些人家都会严格控制你能拿走的数量，或者提供不好吃的

糖，比如杏仁乐或者是泥土糖。我还从没见有人吃过泥土糖呢。我听说那其实是马肉做的。我把这些信息在地图上标出，这样我就能计划明年的万圣节我该去哪些新人家探索。以这样的速度，不出五年，拉芬斯堡的所有糖果分布就尽在我的掌握中了。还有比这更好的方法吗？"

"你真聪明，"斯坦利不得不承认，"还有点儿古怪、搞笑，而且一点儿没在搜寻杰基尔先生上帮到忙。"

树屋的门突然被打开了，夏洛特露出个脑袋，问道："杰基尔先生案进展得怎么样了？"

"如果杰基尔先生是一包彩虹糖的话，"斯坦利说道，"那么费利克斯可能会在这案子上有些建树。但目前来讲，我显然是唯一一个在努力查找犯罪分子的人。"

格蒂跟着夏洛特进了树屋，说："不是这样的，我们女孩儿也在放学后做了点儿侦查活动，我们正努力查出科学社团在密谋什么。"

斯坦利很快地抬头看了她们一眼，问道："结果是?"

夏洛特将胳膊举过头顶，说："我们在图书馆里蹲守了一个半小时，远距离观察他们。他们乖乖地在那里写作业。"

"你们怎么能确定他们不是在酝酿一些邪恶的计划呢？"费利克斯问。

"我们看见他们在研究社会科学习题，"格蒂回答，"可能是为明天的测验做准备。"

"不过，哈里和布莱兹总是时不时地跳起来喊着'硝化甘油'，然后互相碰碰拳头，看起来有点儿怪，"夏洛特说，"不管如何，我时刻准备着行动，你需要我们做什么，斯坦利？"

斯坦利微微一笑，说："我告诉过你们我有多爱数学吗？"

夏洛特和格蒂不约而同地翻了个白眼。

"够了啊，天才男孩儿。"夏洛特说。

"好吧，你们还记得我们是怎么在拉芬斯堡的地图上找这些犯罪地点之间的联系吗？"

"我们什么也没发现。"格蒂说。

"是的，这些点之间看起来没有绝对的联系和统一的模式，但是我爸爸说得对，当你无法找到最完美的联系时，你就需要找最接近的联系。"

"然后呢？"夏洛特问。

"然后……这就意味着我们得找出这些点之间最接近的联系！"斯坦利几乎无法控制自己的兴奋。

"最接近的联系？"夏洛特问。

"不是吧，各位，"斯坦利说，"你们之前肯定听过数学中的'线性拟合'吧？"

夏洛特和格蒂纷纷耸了耸肩。费利克斯不停地滑动着他的平板电脑。

"费利克斯，你总听过吧？"

"等一下，什么？"费利克斯忽然抬起头，问，"你是指最小二乘回归之类的东西吗？"

斯坦利脸上的笑容越来越灿烂。"没错！"

"最小二乘回归是什么？"格蒂问。

斯坦利摇了摇头，说："其实不难理解，真的。当我看到地图上杰基尔先生作案的不同地点时，对我来说那像极了一张散点图。这些看似随机的点散落在地图上，让我想起我曾经读到过的某些东西——线性拟合。也就是说，在这些散点之间存在一条线，它并不一定连接所有点，但它离每个点的距离都是最近的。"

"我有点儿迷糊了。"夏洛特说。

斯坦利从书包里拿出一个笔记本，在本子上画了点儿东西给大家看。

"好，各位，比如在这张纸上有五个点，我在这五

个点之间画了一条线，看到了吗？"

夏洛特和格蒂点了点头。

"好的，现在如果我要测量这条线和每个点之间竖直方向的距离，我会得到五段距离，对吗？"

小伙伴们又点了点头。

"如果把每段距离都求平方，再把平方值加起来，可以得到一个数字。基本上我要做的就是尽可能地找到这个平方和最小的线。换句话说，就是要找到每个点与这条线之间平均距离最小的线。而这条线就叫最佳拟合线。"

格蒂的表情看上去仍然很疑惑。"这看起来要比我们平时学的数学难。"

"是的，"夏洛特点了点头，"我仍然不太明白。你是怎么想到这一点的？"

"是今天费利克斯午餐时的那一幕。"斯坦利说。

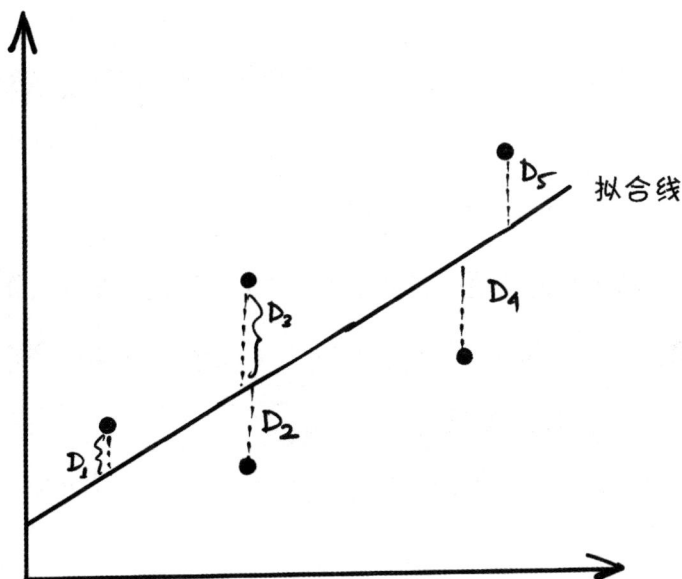

费利克斯笑了笑，说："哦，我懂了。果冻随意地撒了一地，但它们都在我走的那条路线附近，那是条直线。"

"哦，"格蒂说，"你怎么一开始不说，斯坦利？"

"我以为我刚才说了。"

"这对我们的案子有什么帮助吗？"夏洛特问道。

"我已经找到杰基尔先生各个作案地点之间的这条线了。"

"然后呢？"费利克斯问道。

斯坦利递给他一张纸，问："你可以把这些导入你的平板电脑里吗？"

"没问题，交给我。"

"好的，这样我们就可以去找埃文斯警官了。"

第九章

嫌疑人浮出水面

警察局的调查室里，桌子的一侧坐着斯坦利和他的伙伴们，另一侧是埃文斯警官和艾布拉姆斯局长。

艾布拉姆斯局长观察着每一个孩子的表情，最后将目光锁定在斯坦利身上，问道："埃文斯说你们有了新的突破？"

"嗯，是的，局长。"

于是局长做了个伸开双手，掌心向上的姿势，说道：

"舞台是你们的了。"

斯坦利示意费利克斯将平板电脑连接到大屏幕。接通以后，屏幕上出现了一幅图片。

这是拉芬斯堡镇的地图，图上标记着十几个黑色的圆圈。

"请大家看这张地图，"斯坦利说，"我们已经将杰基尔先生的所有作案地点标在了上面。最开始的时候，我们努力找寻这14个作案地点之间的数学关系，但是我们没有找到任何实质性的联系。于是，我就有了这样的主意——如果我们不在这些点之间找最完美的联系呢？如果我们只需要找到最接近的联系呢？"

"我没太懂你的意思。"艾布拉姆斯局长问。

"在数学中有一个最佳拟合线的概念，主要意思就是在散落的点中找到一条线，这条线离所有点的竖直距离最近。这条线的方程式是 $y = mx + b$，这里 m 是斜率，

b 是截距，就是这条线与 y 轴交点的纵坐标值。"

这时艾布拉姆斯局长不舒服地咳嗽了几声，斯坦利停住了。

"抱歉，局长。直线的方程式是最基本的初中数学知识。我记得上一个案子的时候，您告诉过我警察也会数学，对吗？"

"请继续。"艾布拉姆斯局长怒视着斯坦利。

斯坦利继续解释："我知道你们在想什么。我们如何找到斜率和这条线在 y 轴的截距？事实上，我们可以利用这个公式。"

费利克斯将图片翻到了下一张。

$$\text{斜率 } m = [\sum xy - (\sum x \sum y)/n] \div [\sum x^2 - (\sum x)^2/n]$$

$$\text{截距 } b = [\sum y - (m \sum x)] \div n$$

艾布拉姆斯局长和埃文斯警官困惑地看着对方。局

长摆了摆手，说："好吧，你这个小机灵鬼，我猜你已经用那些花里胡哨的公式得出了你的观点。所以现在，不如我们说点儿能听懂的话——没参加过数学奥林匹克竞赛的人可以听懂的话？"

费利克斯把斯坦利推到一边，说道："让我说吧，斯坦利。假如我闯进你们警察局的甜甜圈秘密储藏室，然后开卡车带走了一车甜甜圈。当我穿过小镇的时候，一阵龙卷风把我车后面的甜甜圈吹跑了。当你回头看满地的甜甜圈时，起初你会觉得甜甜圈是随机地散落一地，但当你再仔细看的时候，你会发现一些联系，其中有一条路径。"

"甜甜圈不会落到离你行车路线特别远的地方。"埃文斯警官回答。

"没错。我开车的这条路径实际上就是拟合线。"

局长看了眼斯坦利，然后指着费利克斯，夸赞道："看吧，这么解释，不就简单了嘛！"

斯坦利叹了口气，说："杰基尔先生案中的拟合线就是这条。"

费利克斯又在屏幕上换了一张图片，还是拉芬斯堡镇的地图，上面有一条从镇的西南方到东北方的直线。杰基尔先生案件的所有犯罪地点就散布在直线两侧。

拉芬斯堡镇

艾布拉姆斯局长盯着屏幕，手在耳后挠了几下，疑惑地问道："我猜你们不会是在暗示这个杰基尔先生开了辆装着甜甜圈的卡车吧？"

斯坦利摇了摇头，说："我们猜测杰基尔先生是在努力给警方制造错觉，让你们认为他所有的作案地点都是随机挑选的，这样警方就很难找到他作案的固定模式。但事实上，真正的随意性是很难做到的。即使人们想努力表现出随意，他们的行为也总是可预测的。我们猜测杰基尔先生工作或者生活的地方就在这条拟合线的附近。"说完，斯坦利脸上露出了开心的笑容。

"什么？"埃文斯问。

"此外，我们还锁定了可能性很大的犯罪嫌疑人。"

"是吗？"艾布拉姆斯局长惊讶地问。

斯坦利指了指屏幕中间拟合线上的一颗五角星。

"我们发现有一个人正巧住在这里，而且他是我们见过的最讨厌的人。"斯坦利示意费利克斯继续往下演示。屏幕上出现了一个可恶的小孩儿。

埃文斯惊讶得被自己的口水呛到了，咳嗽了几声。

艾布拉姆斯局长用胖嘟嘟的手指指着屏幕问道："你认识这个孩子，博比？"

埃文斯点点头，回答道："再熟悉不过了，他确实是拉芬斯堡初中最大的麻烦制造者。"

"他叫什么？"艾布拉姆斯局长不耐烦地问。

"德尔万·超德。"

局长抬起头疑惑地看着埃文斯，然后又转向斯坦利，说："好，这听上去很有趣，但我得告诉你，你说的不能证明任何事情。"

格蒂双臂交叉于胸前，说："不能证明任何事情？德尔万·超德是我们知道的最神经的孩子，他曾经把教师休息室的咖啡奶精换成了健胃片粉末。可怜的弗里德

曼女士喝了以后看上去就像得了狂犬病。"

"您刚才也听见斯坦利说的了，"夏洛特补充道，"德尔万·超德的家正是在这条线上。"

艾布拉姆斯打断了她的话："我所听到的只是一个花里胡哨的数学伎俩，你们四个小孩儿推论出杰基尔先生就是你们学校最不招人喜欢的孩子，可你们有什么实实在在的证据吗？让我听一听。"

听到这话，孩子们稍显紧张地互相看了看彼此。

"但是……"斯坦利说。

"我需要真实的、站得住脚的、能作为呈堂证供的证据。你们要是找到了，就带来给我。"

"我们一定会找到证据的。"斯坦利坚定地说。

艾布拉姆斯将嘴里的牙签拿出来，指着斯坦利说："你怎么如此自信？"

"因为，"费利克斯说，"我们是数学侦探！"他从椅子上跳了起来，将腿踢到空中，和伸出的胳膊组成了剪刀形状。但他落地的时候，腿碰到桌子的一角，让他又脸朝下摔在了地上。

艾布拉姆斯局长朝桌子对面看过去，问道："这白痴到底是谁啊？"实际上他没有专门问哪个人。

"哎哟喂！"疼痛不已的费利克斯在一旁抱怨着。

"埃文斯，我们需要把这孩子控制起来吗？"

埃文斯摇了摇头，说："我看不必了，局长，费利克斯只是个……不同于常人的孩子。"

"我真是太谢谢你的提醒了。"费利克斯呵呵地笑了。

第十章

证据

　　"哎哟哟！这不是那帮数学侦探嘛！"德尔万经过他们身边的时候大喊道。

　　就像往常一样，德尔万身旁的小弟们跟着哈哈大笑起来。杰克·皮克尔斯跟在他的左边，杰克·特温格在他的右边，而杰基·斯迈思瓦基跟在他们身后。在他们快要下楼的时候，杰基还故意踢了下斯坦利和布莱兹的储物柜。

"又是德尔万和他的跟葱们。"费利克斯抱怨道。

吉娜·冯·格鲁本的储物柜就在斯坦利的旁边，她靠着储物柜，问道："跟葱？是什么意思？"

"就是跟班和洋葱的结合。"

"为什么是洋葱？"

"因为洋葱能让我流眼泪。"

吉娜望向斯坦利，似乎在等待他的解释。

"有一次他们把费利克斯的外套挂了起来。"斯坦利解释道。

"听起来不至于那么坏啊。"吉娜说。

"他们是把穿着外套的我挂了起来，"费利克斯说，"去年冬天，他们把我挂在了又臭又脏的体育馆更衣室的旧衣架上。"

斯坦利安慰地拍了拍费利克斯的背，说："他就被那样挂着，在我找到他之前，他的胳膊和腿已经挥舞了3

个多小时了。"

"他们让我流了眼泪。"费利克斯委屈地说。

"我也不喜欢他们。"吉娜说。

"是啊,昨天我不小心把果冻撒在你身上,真是对不起。"费利克斯补充了一句。

"那不是你的错,费利克斯。"吉娜看着在走廊那边的德尔万的背影说,"别担心,那些坏蛋迟早会有报应的。善有善报、恶有恶报,这一点我们在历史中总能看到。"

说完吉娜便去上课了。斯坦利满脸遗憾地说:"要不是艾布拉姆斯局长不把我们的分析当回事,我们今天就不用看见德尔万了。"

"是啊,"费利克斯应和,"还有他的那帮跟蔥。兄弟,昨天我们去找局长的路上,我甚至都想象出我们将要迎来的荣耀时刻了——今天早上我们正在储物柜旁拿东西准备上课，忽然看到德尔万·超德路过，他戴着手铐，大声叫嚷着他是无辜的。然后埃文斯警官跟在后面，说……"

"你可以在警局给你的父母打电话。"一个低沉的声音从远处传来。

斯坦利和费利克斯慢慢转过身去。在走廊那头，正是他们话题的主人公德尔万·超德，他戴着手铐，后面跟着埃文斯警官。眼前这幕让两个小伙伴目瞪口呆，他们眼睁睁地看着德尔万被带出了大门。好不容易斯坦利才回过神儿来，赶紧追了出去。

"嘿，埃文斯警官，看样子，真的是德尔万做的？"

"是的，看起来是这样的，你不觉得吗？"

斯坦利迟疑地说："但是局长说我们需要实质性的证据，来证明我们的结论。"

埃文斯淡淡一笑，说："看来你不知道视频的事。"

"什么视频？"

埃文斯坐到警车里，把手搭在门上，关上了车门，解释道："网上流传着一段很火的视频，你应该很容易找到的。"

斯坦利立刻跑回去，小伙伴们已经围在费利克斯的平板电脑前播放着视频了。视频中的画面很黑，似乎是在日落后或者是日出前拍摄的。一个高大的黑影慢慢地进入镜头，起初轮廓很像外星人，它头顶天线，身后还有翅膀。

"等一下，"斯坦利呢喃道，"那不是……这是怎么回事？"

视频里的光线逐渐亮了起来，斯坦利可以清晰地分辨出那是一个 10 英尺高的蝴蝶雕塑，整个雕塑上都飘动着蓝色的毛发。接下来，视频给了毛发一个特写。原来那不是毛发，而是成百上千条被涂成了蓝色的毛毛虫。

视频的最后，镜头向下移动到雕像的底部，上面题着"阳光公立中学战斗蝴蝶队"几个大字，不过在这些字的旁边还有用蓝漆写着的"杰基尔先生"五个字。

之后，视频就结束了。

"哇，这是我见过的最诡异的东西了。但这怎么就能证明是德尔万做的？"斯坦利说。

"你没看见吗？"夏洛特问。

斯坦利耸了耸肩。

"再放一遍，格蒂，在最后的画面那儿停一下。"

于是格蒂按了重播键，斯坦利将脸凑近屏幕。在视频播到最后的时候，格蒂按了暂停键，斯坦利看见，金属制成的蝴蝶翅膀上反射出了作案者身上的衣服。

衣服上有一个清晰的超人图案，图案下方有"超人德尔万"的字样。这是一件在整个学校都臭名昭著的衣服，因为德尔万总是穿着它到处晃荡。

"哇，所以真的是他！"斯坦利说着，几乎不能将眼睛从平板电脑上移开。

费利克斯耸了耸肩，说："我猜在和宿敌比赛之前，他已经忍不住要让杰基尔先生在阳光公立中学面前刷足存在感了。"

"这下好了，因为这次表演，他将错过一场重要的比赛。我们拿回水晶杯的概率几乎为零了，"格蒂说，"不过我并不关心这些。"

斯坦利若有所思地看着格蒂，说："大家想一下，德尔万为什么要在一年中这么重要的时刻冒险做这件事来抢风头呢？对他来说，没有什么比橄榄球赛更重要了。而且录这样的视频，穿着那么显眼的衣服，甚至将视频放到网上太冒险了，我想不明白，但就是觉得不合逻辑。"

夏洛特把手搭在斯坦利的肩上，说："不，斯坦利，这次别再动用你奇怪的直觉了，这事就是德尔万干的。

这不仅仅是你用数学的方式推理出来的，而且也被这个视频证实了。还有，我看见警察从德尔万的储物柜里面搜出了蓝色的钢笔、喷漆罐和记号笔。"

"我说，我们不如庆祝一下。"格蒂说。

"我和你的想法一样，"费利克斯说，"是时候享受一下没有德尔万的走廊了！"他边说边拉着格蒂的胳膊离开了。

斯坦利心事重重地关上了储物柜的门。

夏洛特盯着斯坦利说："斯坦利，你现在需要享受这一切，我们数学侦探社又解决了一桩大案。"

"对，"斯坦利说，"我想你说得对。"

一时间德尔万被抓走的消息像龙卷风一样传遍了整个校园。才几分钟的时间，斯坦利就在拉芬斯堡初中的校园里看到了从未见过的景象。灿烂的笑容洋溢在很多孩子的脸上，他们是那么高兴，这才是自由的味道。

斯坦利·克鲁索——在数学的帮助下——是这件事情的推动者。

上数学课的时候，斯坦利感觉好极了，甚至波莉的中途出现都没有让他心情变坏。波莉朝斯坦利冷冷地笑着，手中还挥动着四张卡片，似乎想让全班同学都看到。那是四张红色的卡片，意味着有人要有麻烦了。大事不妙，斯坦利想。

波莉朝比格尔老师走去，但是她一路都在盯着斯坦利。比格尔老师看了眼四张卡片的内容，顿了一下，然后看着全班同学说道："斯坦利、费利克斯、格蒂，还有夏洛特，现在你们四个马上去校长办公室一趟。"

第十一章

校长办公室

比格尔老师的话让斯坦利感到全身发麻。他看着他的腿在向前移动，可是却感觉不到它们。

"严格来说，护送同学到校长办公室可不是我这个办公室助手的职责，"波莉阴阳怪气地说，"这可是额外的福利。"然后她叹了口气，盯着四个小伙伴看了会儿。"但这一切正如我想象中一样美妙。坐下吧，数学呆子们，库林校长马上就来见你们了。"

　　"波莉，这次护送难道又是哪个英语戏剧里的桥段？"斯坦利讽刺地问。

　　波莉大笑道："哦，斯坦利，即使你不学文学，你也该知道'为了爱情和战争，一切都可以不择手段'这句话吧。好好待着吧！"

波莉走了，只剩下斯坦利、夏洛特、格蒂和费利克斯他们四个。他们隐约能听到办公室里面传来的声音，但又听不清具体内容。

"我从没进过校长办公室，"格蒂说，"费利克斯，进去的感觉如何？奇怪了，你为什么笑成那样？"

费利克斯笑得停不下来。"我觉得你们要重新考虑和波莉宣战的事了。刚才我一路跟着她，她没有对我凶过一次。还有，她刚才还说到了爱情，看来她已经变了，真的，伙伴们，她变了。"

"夏洛特，快把他打醒。"格蒂说。

"啊，疼！"

格蒂指着费利克斯，愤怒地说："我们都已经被叫到校长办公室了，这个时候，你这个红毛鬼，竟然还在考虑那些事?!"

费利克斯耸了耸肩，说："你们别瞎担心了。相信我，

绝对是好事。我们刚解决了一起案件，又帮助同学们摆脱了这个学校最大的麻烦。库林校长一定是想在媒体报道前亲自祝贺我们。"

斯坦利挺直了身板。"你们也这么认为吗？"他看着女孩子们问道。

她们还没来得及回答，校长办公室的门就开了，一个数学侦探们最不希望见到的人——德尔万·超德——走了出来。他笑得那样灿烂。

"再见了，数学怪胎们。"德尔万经过他们身边的时候说。他的父母也跟在他身后。

"进来吧。"校长的声音从办公室里传来。

四个小伙伴走了进去，他们惊讶地发现，艾布拉姆斯局长和埃文斯警官也在。

"坐下，都坐下。"艾布拉姆斯局长边说边吩咐埃文斯警官把门关上。

斯坦利看了一眼埃文斯，又看了看艾布拉姆斯局长，最后疑惑地看向库林校长，说："我不明白，你们就这样放走了德尔万？"

库林校长清了清嗓子，严肃地说："我认为你得乖乖坐好，斯坦利。"

"你们先回答斯坦利的问题。"夏洛特问，"为什么德尔万大摇大摆地走了？"

"这很简单，"局长回答，"因为他并不是杰基尔先生。我们过来跟库林校长解释这件事，顺便找你们几个聊几句。"

斯坦利疑惑地摇了摇头，说："但是我们今天都看到视频了呀。"

艾布拉姆斯靠近桌子，问道："你在视频中看到德尔万的脸了？"

"那倒没有，"格蒂说，"但是我们清楚地看到了

那件衣服。"

"对啊，"费利克斯说，"就是他总穿的那件'超人德尔万'上衣。"

"他总穿那件衣服，对吗？"艾布拉姆斯局长问。

"是啊，那件衣服就好像是他坏蛋之王的行头。"

"所以那就意味着学校里所有人都知道这件衣服，对吗？"

"是的，所以呢？"费利克斯问。

斯坦利开始有种不好的预感。

"好吧，据我们调查，德尔万至少在两起杰基尔先生案中有不在场证明。当时他和朋友们在普拉西德湖他奶奶那里玩，所以根本不可能是他做的。埃文斯告诉我，德尔万惹了多少麻烦，欺负了多少同学。突然我就想到，也许他也经常欺负喜欢数学的孩子。"

斯坦利听了，心里一紧。

"然后我就想起来，"局长继续说道，"是你们来到警察局，用一些天花乱坠的数学方法证明这事一定是德尔万·超德干的。"

斯坦利一下跳了起来，问道："您不会以为这是我们干的吧？"

"我认为你们有这个动机，你们这么聪明，想要嫁祸给谁轻而易举。再加上你们还是咱们镇小有名气的侦探，可以帮助警察破案，所以你们有绝佳的机会来做这件事。"

夏洛特也生气地跳了起来，说："走吧，朋友们，没必要再听下去了。"

"事实上，你们必须听下去，"局长说，"因为现在你们已经是我们怀疑名单上的头号嫌疑人了。"

"好，"格蒂说，"让我们听听您的证据，就像您说你们需要证据去抓德尔万一样，我们也需要听到您怀

疑我们的证据。"

局长向后靠了靠，双臂交叉放在胸前，说："告诉我，这个学校除了你们四个还有谁知道杰基尔先生案？还有谁知道杰基尔先生用蓝色喷漆做标记？还有谁知道有这么一个人存在？"

四个小伙伴无言以对。

"是的，没有人。那么你们再告诉我，如果连蓝色喷漆的事都没人知道，学校里还有谁会把那些东西放进德尔万的柜子里陷害他呢？"

再一次，他们无言以对。

"那都是巧合。"夏洛特说。

"您说了这么多，在暗示什么？"费利克斯问。

艾布拉姆斯局长向前倾了倾身。"我在暗示，你们真幸运，因为到目前为止，我们现有的关于你们的证据全是间接证据，尽管我们现在没办法证明这件事是你们做的，但只要一个无可辩驳的证据就可以了。等那个时候，我们就要在警察局见了。"

四个小伙伴如坐针毡。

斯坦利摇了摇头，说："我们可是帮过你们的……"

"有人怀疑，你们破了克莱摩尔钻石案以后，是不是变得太爱出现在聚光灯下了，或许正因如此，你们要制造这起案子再次引起大众的注意。"艾布拉姆斯说，"不过，你们的目的达到了，因为你们确实吸引了我们的注意，数学侦探们。或者我应该说，杰基尔先生？"

第十二章

天大的误会

斯坦利在树屋里焦急地来回踱步，说："真不敢相信他们竟然认为是咱们做的。"

"我可不相信德尔万的不在场证明，"夏洛特说，"警方确实在他的储物柜里找到了作案工具，而我们都知道这不是我们放的。"

格蒂摇了摇头，说："听着，德尔万和他的那帮……什么来着？"她看了一眼费利克斯。

"跟葱。"他吼道,似乎要把所有的愤怒发泄出来。

"跟葱。"格蒂翻了个白眼,"德尔万和他的跟葱可能是一帮毫无人性的蠢货,但是他们是真的蠢。"

"你的意思是……?"斯坦利问。

"我的意思是,我们从一开始就该知道,他们根本没有聪明到可以悄无声息地制造这一切而不被别人发现。"

"所以现在呢?"夏洛特问,"我们得从头开始梳理了?"

"没有这个必要,"斯坦利答道,"数学方法一定是对的,只是有些东西我们还没有弄清。"

斯坦利盯着白板上挂着的地图,走过去在地图上点了点,说:"也许我们刚开始就推测犯罪嫌疑人的身份是错误的思路,这次我们应该先寻找地点。"

"你的意思是……?"费利克斯疑惑地问道。

"我的意思是,我们得回到最初的猜测,杰基尔先

生想让人们觉得他的犯罪地点是随机挑选的，但为了实现这一点，他的行为变得可以预测。所有的犯罪地点平均地分布在这条最佳拟合线的两侧，除了这里。"斯坦利在拉芬斯堡西南部的一个区域上面画了个圈，"我猜杰基尔先生下一步将会在这附近作案。"

格蒂、费利克斯和夏洛特都认真地盯着地图，然后点了点头。

"我觉得很有道理。"格蒂说。

窗外传来细微的刮擦声，随后又是嘎吱嘎吱的声音。"一定又是桶桶在外面，我去把它抱进来。"她探出头，很快又缩回来，"嘿，它应该是走了。"

斯坦利又点了点地图上的圆圈，说："不如咱们今晚去这里探探，说不定今晚杰基尔先生会再一次作案，你们知道这意味着什么吗？"他指着费利克斯。

费利克斯揉了揉肚子，高呼道："又一次监视行动！"

✦

于是这天晚上，数学侦探们便分散在这直径约为两个街区的区域巡逻。为了能报告可疑情况，他们还配备了对讲机。

突然，斯坦利听到远处传来了狗的叫声，他警觉地停了下来，抬头看了看夜空，月亮几乎看不见了，而悬在空中的云又像极了鬼的形状。他伸长了脖子，仔细听着远处的声音。

狗又在叫了。

"呼叫呼叫。"对讲机忽然传来了声音，斯坦利吓了一跳。

是费利克斯的声音。"这里是船长，快过来，小兄弟！"

斯坦利摁了一下对讲机，说："首先，我说过对讲机要保持安静，除非有非常重要的事情。其次，我什么

时候成了小兄弟？"

"我和桶桶昨晚看了一集《吉利根岛》①，里面又是小兄弟又是金格尔。嘿，小兄弟，我知道你在听。虽然我知道这是监视行动，但是我这辈子都没做过这么多运动，这更像是一场徒步旅行。"

夏洛特的声音打断了费利克斯："费利克斯，你能不能不要再讲话了。"

到了晚上 9 点 45 分的时候，斯坦利开始纠结这场监视行动到底是不是个好主意。就在这时，他眼前有个黑影闪过，大概离他有半个街区。

"注意！"他小声对着对讲机说道。

"蚂蚁？"费利克斯大声问道。

"不是蚂蚁，"斯坦利小声说，"是注意。第三象

---

① 《吉利根岛》：美国情景喜剧，前面提到的船长和后面的小兄弟（船长喜欢叫吉利根"小兄弟"）、金格尔都是其中的主要人物。

限有可疑目标在移动。重复，第三象限有可疑目标在移动。这里需要支援。"

"第三象限是哪个区域来着？"格蒂问。

"他朝夏洛特那里去了。"斯坦利说。

那身影在十字路口向右拐了。

"他刚转过去了，现在朝格蒂的方向去了。"

斯坦利也加快了脚步，跑步前进。但是他转过弯后就看不见那个身影了。他停了下来，环顾周边，注意到一扇木头栅栏在晃动。他慢慢走过去，拿起对讲机，说："格蒂，那个黑影越过栅栏，朝你那边去了。盯紧点儿，看看你能不能看到那个男的。"

"也可能是个女的。"格蒂补充道。

夏洛特的声音也从对讲机里传来："我也看见了，斯坦利，我正在跟进。"

斯坦利看了一眼地图，说："这不合理呀。费利克斯，

你在哪里？"

"我在反向追踪，小兄弟。"

"为什么？有人跟踪你吗？"

"没有，我的零食落在前半个街区了。"

木头栅栏又在晃动。

怎么回事？斯坦利觉得杰基尔先生应该早就离开了。还是，他还在等什么呢？

斯坦利紧张地咽了口口水，身体也不由自主地开始颤抖。他强迫自己靠近栅栏，把耳朵贴上去。

一定有人在对面。

之后他听到了窸窸窣窣的声音，听起来像喷发胶的声音。

不，不是发胶。

是喷漆的声音。

"费利克斯，"斯坦利边往后退边拿出对讲机说道，

"你在哪里？"

"我遇见大麻烦了，斯坦利。"费利克斯似乎害怕极了——并不是不小心掉了一块巧克力饼干的那种害怕，而是真正的害怕。

"怎么了？"斯坦利问。

"我刚才去找零食的时候，一只松鼠抢走了零食袋子。"

"很抱歉，费利克斯，但是我现在需要你过来。"

"一只松鼠啊，斯坦利，我恨松鼠！"

费利克斯的声音太大了，真的太大了。喷漆声突然停了下来，斯坦利听见栅栏另一端传来了脚步声。

栅栏又开始晃动起来。

斯坦利僵了一刻，摸了摸身上的手机，想要报警。可是太迟了！

一个戴着黑色面罩的身影突然从栅栏那边跳了过来，

斯坦利被吓得坐到了地上。杰基尔先生落地的位置近在咫尺，然后他飞快地逃掉了。

斯坦利被吓得一动不动，但是他知道，他必须做些什么。

他挣扎着站了起来，环顾四周，但是杰基尔先生早就消失得无影无踪了。斯坦利只好去栅栏附近寻找杰基

尔先生留下的痕迹。就在杰基尔先生落地的地方，他发现了一瓶蓝色的喷漆罐。他弯下腰捡了起来。

"朋友们，我刚才没抓到杰基尔先生，但是我拿到了他留下的蓝色喷漆罐。"

斯坦利感到远处射来了亮光，然后就听见了轮胎与地面摩擦的声音。警车从四面八方围了过来，斯坦利想抬头看，却发现因为灯光的照射什么也看不清。但是他可以听见不远处传来的声音，一个熟悉的声音。

"斯坦利·克鲁索，站在那里不许动。"是艾布拉姆斯局长。

艾布拉姆斯局长从一辆警车里走下来，埃文斯警官从另一辆警车里走了下来。埃文斯看到斯坦利手里拿着的喷漆罐，遗憾地摇了摇头。

斯坦利瞬间明白了这件事在别人眼里是什么样子。之后，他便发现埃文斯没有再看他，而是在盯着他背后

的栅栏。

斯坦利扭过身，去看他刚才在黑暗中没有看到的东西：木栅栏上用蓝色喷漆喷着一个大大的笑脸，下面写着——"杰基尔先生"。

斯坦利·克鲁索意识到自己有大麻烦了。

第十三章

最后的机会

晚上 10 点 33 分，四个数学侦探被关押在看守所的三号监室里。

夏洛特的父亲最先来接走了她，然后是格蒂的父母。费利克斯也被接走，最后只剩下斯坦利。埃文斯警官犹豫了一下，随后关上了看守室的门。

斯坦利颤抖着问："所以我们就这样被捕了？"

埃文斯摇了摇头，说："我并不打算骗你，但是斯

坦利，事情可不妙。"

斯坦利直视埃文斯的眼睛，认真地说道："埃文斯警官，你认识我这么久了，这不可能是我做的。"

"你们被捕不仅仅是因为我们当场抓到了你，斯坦利，我们还在犯罪现场找到了一张字条。我复印了一张给你和你的父母，你看一下。"

字条上印着的字很漂亮。

我们的手法怎么看都太高明，

得了空，游戏一定要继续进行。

平均下来，拉芬斯堡最厉害的人们

也会资质平平，最聪明的人也抓不住我们。

当杰基尔先生可以为所欲为，

我们也无须躲在黑暗之内。

埃文斯面无表情地看了眼斯坦利。"按照我们的分析，这个杰基尔先生不止一个人。因为这张字条上写着'我们',还有,我相信你也注意到了这些字眼:众数(mode)、平均数(mean)、算数平均数(average)[①]等等,它们都是……"

"数学术语。"斯坦利说。

"确实是数学术语,"艾布拉姆斯局长走进来,站在埃文斯身后大声说,"我说我们会在警察局再见面,可没料到会这么快。但是我不得不说,这都在我意料之中。你们这帮小孩儿在克莱摩尔钻石案中展现了超高的智商,现在正是想获得大众关注的时候,所以你们就造出了杰基尔先生这个人,然后开始实施犯罪。"

[①] 字条的英文原文中,这些词都运用了双关的手法。以下为原文:

Our mode is too clever by any measure;

We mean to continue this at our leisure.

The average ability of Ravensburg's finest,

Won't rise above medium — not even their wisest.

When Mr. Jekyll can strike anywhere, anyhow,

Why in the world would we Hyde now?

　　说着说着，他将嘴里的牙签拿了出来，扔在地上。"因为这些案件只有你们能破，你们可能就会想：'这没准儿是个不错的方式，不但能出名，还能借机除掉欺负我们的人。'"

　　听到这话，斯坦利猛地抬起了头，问道："所以您从一开始就觉得是我们做的？这就是您要找我们帮忙的真正原因！您不是需要我们的帮助，而是试图在我们身上找到证据。"

　　艾布拉姆斯局长笑得像刚刚吃掉了一只老鼠的猫一样，他说："是的，我可以自豪地这么说。但是，过去的事就让它过去吧，给我讲讲你们是如何做了这么多坏事，还让我们这么久都没抓住你们的。坦白的话，也许我还可以跟法官求求情。"

　　斯坦利愤怒地咬紧牙关，他没有什么好说的。

　　这时，一名警官从门外探进了头，对局长说："局长，打扰了。孩子的家长来了。"

克鲁索先生最先走了进来,他的神情极其严肃。随后,克鲁索夫人也跟了进来。斯坦利起身跟着他们离开了。

车上,克鲁索先生摇了摇头,通过后视镜看着斯坦利,说:"我不敢相信这一切都是你策划的,你太让我失望了。"

斯坦利感到喉咙发紧。

"我和你妈妈给了你太多自由,纵容你和朋友做任何你们想做的事。可是呢,看看你们干的好事!"

克鲁索夫人捏了下丈夫的胳膊,说:"亨利,不要这样。"

"不,克拉拉。我们的儿子刚才被关在了看守所里。你也听到局长说的话了,这很严重。"克鲁索先生抓了抓头发。

"但是亨利,这不是斯坦利做的。"

克鲁索先生无奈地说："哦，是因为你的儿子永远不会做这种事吗？"

克鲁索夫人摇了摇头，又伸手捏了一下丈夫的胳膊，说："不是，亨利，因为你的儿子永远不会做这种事。你没发现吗？斯坦利多像你，他聪明，又对一切充满好奇，喜欢解决问题，就和他的父亲一样。正是这样，他一定也会跟他的父亲一样，永远不会做出艾布拉姆斯局长所描述的那些事情。"

克鲁索先生做了个深呼吸，又抓了抓头发，转身面对斯坦利。

"儿子，是你做的吗？"

"不是，我没有做。"

"你知道是谁做的吗？"

"我不知道。"

克鲁索先生摸了摸下巴，问道："你觉得你可以找出是谁做的吗？"

"如果您能给我和我朋友机会，让我们重新捋一遍整件事情，我觉得我可以。"

"好吧，我们回家，然后好好睡一觉，因为明天你有大事要面对。"

"明天怎么了？"

"明天是你们找出真正的杰基尔先生的最后一天。因为周六早晨，学校董事会①将要决定是否应该把你们开除。"

"开除？"斯坦利惊讶地问。

克鲁索夫人转身，握住斯坦利的手。"斯坦利，你确实必须在明天解决这个案子，就像你父亲说的，明天对你来说很重要！"

_____

① 在美国，一个学区的学校董事会管理当地公立学校的事宜。

第十四章

三明治

第二天一早，斯坦利以为他会是第一个到达费利克斯家树屋的。但是他错了。当他打开树屋门的时候，格蒂和夏洛特正在白板上忙碌地推演着，而一边的费利克斯也在平板电脑上搜索着。

"嘿，朋友们。呃……你们的父母生气吗？"斯坦利问。

夏洛特笑了笑，说："我爸爸让我尽快找到谁诬陷了我们，然后要把他揍一顿。"

格蒂把嘴里的笔拿出来，说："我妈妈说如果我们不尽快找到真正的杰基尔先生，她就要将我收藏的所有的恐怖电影碟片扔进垃圾桶。"

"好吧，你们发现什么问题了吗？"斯坦利问。

"还没有。"格蒂说。

"你呢，费利克斯？"

"我觉得我解决了《糖果1000》App的几个漏洞。"费利克斯头上挨了一下。

"嘿，你想干什么？"费利克斯问。

"费利克斯·德维什！"格蒂尖叫道，"你怎么这个时候还在想着糖果？"

费利克斯站起身，说："首先，我得告诉你，我在任何时间都能想糖果，这是我最引以为豪的品质。其次，我做这个是为了咱们四个。我想，如果我今天早晨把它

放到市场上，今天下午卖给一个大公司，我们就会得到一大笔钱，找个好律师；或者我们可以贿赂艾布拉姆斯局长；再不然我们还可以逃跑，逃到澳大利亚去。"

格蒂无奈地摇了摇头说："唉，他疯了，他真的疯了。"

"你们说梅布尔会到监狱送外卖吗？"费利克斯问，"我可不想这么年轻就再也吃不到奶昔了。"

斯坦利已经听不到朋友们的玩笑了，他专注地研究着费利克斯平板电脑上的地图。

费利克斯的糖果地图上现在没有线，只有 72 个他曾经去要过糖的地方，那些点看起来是如此的……

"随机！"斯坦利喊了出来。

他又盯着平板电脑看了一分多钟，然后突然敲了下头，说："真不敢相信。"

费利克斯抬头看了眼斯坦利，夏洛特和格蒂也围了过来。

"什么？你不敢相信什么？"夏洛特问。

"这一定是开玩笑。"斯坦利自言自语道。

"斯坦利·鲁滨逊·克鲁索！"格蒂喊道，"到底怎么了？"

他叹了口气，说："我觉得是我把整件事搞砸了。"

"你的意思是？"夏洛特问。

"费利克斯，给大家看看你万圣节那晚停留的地方，只看那些点。"孩子们挤在屏幕周围。

"好，"斯坦利继续说，"如果你光看这些点，你会觉得这些点很杂乱。如果你想要找一条拟合线，那大概就是这样。"斯坦利在屏幕上画了条从左到右的线。

"但是，如果费利克斯告诉我们，这些点实际是他万圣节那晚停留过的地方，这才是真实的路径，看这个。"

费利克斯点了下按钮，屏幕上出现了一条弯弯曲曲的线，连接了所有的点。

"你们看，我的这条拟合线甚至和实际的路线一点儿也不接近。"

斯坦利快步走到白板前，将地图上的拟合线擦掉。"费利克斯的这条弯弯曲曲的线才完美地展示了他万圣节当晚的行走轨迹。所以，说不定有条线或者路径可以更好地展示杰基尔先生作案的轨迹呢。"

"比如？"夏洛特问。

斯坦利将手举到空中，说："我不知道，也许是自行车骑行路线，或者邮差的送件路线？"

"你刚才是说邮差的送件路线？"费利克斯的眼睛亮了。

"是的，有什么不对吗？"斯坦利问。

"哈哈，我告诉过你们吧，我爸爸有所有类型的地图，他肯定有标着邮差的送件路线这种东西的地图。"

"费利克斯，"斯坦利说，"我告诉过你，我觉得你爸爸有点儿奇怪吧？"

费利克斯笑了笑，耸了耸肩，说："哎呀，我谢谢你的提醒了。"

不一会儿，费利克斯从他家里抱来了一厚摞地图，扔在了树屋的地上。侦探社的小伙伴们将地图展开，开始比较每种路线和杰基尔先生作案地点的联系。

接下来的 15 分钟，四个小伙伴都在安静地研究不同的地图。突然，格蒂尖叫了起来。

"我知道了！是校车路线！"

斯坦利凑过去看。

"这是校车路线图，"格蒂说，"这些是拉芬斯堡初中的校车停靠路线。"之后，她把地图贴在白板上，放在杰基尔先生案发地地图旁边。她向后退了几步，说道："你们看看三号校车，它的行驶轨迹可以覆盖杰基尔先生的五个作案地点。"

"格蒂说得对。"夏洛特说，"基本是完全吻合的。"

"是啊。"费利克斯说，"但也许只是巧合。因为三号校车的行驶轨迹并没有覆盖全部的作案地点。"

"是的，一号和二号校车也没有。"格蒂补充道，"可能真的就是个巧合。你怎么看，斯坦利？你一般都不相信巧合吧。"

斯坦利深深地长吸了一口气，说："看来，德尔万住在拟合线上这件事可能只是众多巧合中的一个。但是，我觉得这条校车路线背后确实有问题。"

"我们都等你吩咐呢，老大。"费利克斯说。

斯坦利站了起来，将手放在口袋里走了几步，然后又转过身朝另一个方向走了几步。突然，他想起来几天前早餐时爸爸的话，抬头看了眼大家，笑着说："我觉得，咱们应该做个三明治。"

"这就对了，兄弟。"费利克斯说。

但是格蒂似乎并不赞同。"做个三明治可以帮到我们什么呢？"

斯坦利叹了口气回答道："之前我太专注于用数学方法来探案，所以我没有想到让大家去调查犯罪现场，而这才是侦探真正应该做的事，因为也许有些东西靠数

学方法是无法推导出的，或者说不能仅仅靠数学方法。
我爸爸说得对，也许我需要搞乱一点儿，去做一个三明治。
我的意思是，要用数学的方法，还要结合我忽视了的最
原始也是最实际的探案方法，可能这才是我们破解杰基
尔先生案的最好方法。"

　　"看样子你已经有计划了？"夏洛特问。

　　斯坦利看着朋友们，说："是的，我有计划了。"

第十五章

下一个受害者

　　当斯坦利回到学校的时候，他可以感受到大家向他投来异样的目光。关于数学侦探们大事不好的传言已经铺天盖地。幸运的是，这样的流言没有持续很久，因为 10 分钟后，传出了一个更重磅的消息。

　　德尔万走了。

　　当然，他并不是以后都不来了，只是这一天而已。据说，超德夫人觉得警察冤枉他儿子这件事给德尔万造

成了心理上的创伤，所以她觉得儿子需要一天"爱自己"的假期，以帮助他找回自信。

斯坦利不知道这一天会不会又给了德尔万虐待小动物或者从老奶奶的商店里偷东西的机会，但是他现在管不了那么多。大家因为德尔万不在学校而非常开心，所以没人把注意力放在数学侦探的事上。就这样，斯坦利度过了平静的一天。

只是相对平静的一天。

因为，他身上还背着可能被学校开除的压力。当放学铃声响起，斯坦利感觉这压力一下子淹没了他，留给他和朋友们的时间已经越来越少了。

他们必须马上破解杰基尔先生案。

想要做到这点，他们必须分头行动。格蒂和费利克斯打算去现场调查与校车路线重合的那五个作案地点，他们还计划去采访每个案件的受害者，挖掘更深的线索。

同时，夏洛特和斯坦利去乘坐三号校车。

斯坦利登上校车后注意到的第一件事就是校车很拥挤。一个椅子上最少都坐了三个人。他和夏洛特挤到校车的中段坐下，斯坦利坐在夏洛特的身后。当校车开动的时候，伊桑·贝尼什又挤了进来，坐在夏洛特的身旁。

他咧着嘴笑道："真好。"

"坐在一个 3 英寸① 的座位上，你竟然觉得真好？"夏洛特疑惑道。

伊桑又笑了，说："如果这 3 英寸的座位在一辆没有德尔万的校车上呢？你不觉得很美好吗？我都快记不清上一次坐校车回家是什么时候了。"

斯坦利倾身。"你的意思是因为德尔万在，所以大多数人都不愿意坐校车？"

---

① 英寸：英美制长度单位，约等于 2.54 厘米。

伊桑点了点头说："他和他的跟班们让乘坐校车的其他人特别痛苦。有他们在，怕是没有一个头脑正常的人想坐校车。当然，今天的校车有点儿挤，是因为这车上有一半人甚至都没住在这条路线上，他们今天来，仅仅是因为听说这车上会有一场派对。"

马谢尔·西德瓦尔起身站在前面，指着窗外，说："看，他们在那儿。"

校车经过德尔万的跟葱们的时候，校车上爆发出了一阵笑声。他们三个就住在三号校车路线的附近，今天却不得不走回家。

夏洛特转身看着斯坦利，说："德尔万一不在，他们就成胆小鬼了！"

之后，校车上的喧闹声分贝几度爆表。孩子们在过道上蹦下跳，一些人还将头伸出窗外喊叫着。最后连校车司机都加入了这场狂欢，高声唱着："再来一百天，没有德尔万的一百天。"

斯坦利把身体向前倾，在夏洛特耳边说道："会不会是因为德尔万，杰基尔先生才不坐这路校车呢？"

夏洛特小声说道："那他就得每天走路回家了。"

"他回家的时候正巧经过五个作案地点。"斯坦利说道。

斯坦利和夏洛特留心观察着，校车每经过一个案发地点的时候都互相提醒。10分钟过去了，当校车经过第五个案发地点的时候，还没有一个人下车。

斯坦利扭过头问坐在他身旁的布莱兹："为什么没有人下车呢？"

"你没搞错吧？"布莱兹高兴地说，"这是我们今年最后一次坐这辆车了，肯定要坐到最后一站呀。"

"我们要狂欢到底！"吉娜·冯·格鲁本补充道。

周围的孩子又欢呼了起来。

终于，校车停靠在最后一站。校车司机让大家都下了车。夏洛特和斯坦利目送着这群欢乐无比的孩子朝着不同的方向离开了。

10分钟后，他们遇到了正朝他们骑来的费利克斯和格蒂。

"没想到你们调查得这么快。"斯坦利说。

格蒂和费利克斯交换了个眼神。

"怎么了？"夏洛特问。

"好吧，"格蒂说，"我们遇到了点儿问题。事实上我从来都没遇到过这么可恶的人。我现在有点儿喘不过来气，咱们坐下来说吧！"

"当然没问题，"斯坦利说，"说说看，你们查到了什么？"

"两回。"费利克斯揉了揉鼻子，伸出了两根指头，"帅气的我竟然吃了两回闭门羹。"

"首先是艾达·雷尼的狗，波波先生。"格蒂说。

费利克斯打断了她，说："不如说是狂犬先生。有那么一刻我都以为我要死了。"

格蒂翻了个白眼，说："它只是过来闻了闻你。"

"它闻的那个动作明显是带着杀意的。我还没走到门廊，那条疯狗就从栅栏缝里挤出来追我。"

"它只是条拉萨狮子狗，"夏洛特没好气地说，"它都没有一只松鼠大。"

费利克斯瞪大了眼睛，颤抖着说："你刚才说松鼠？"

"是啊，松鼠，"夏洛特不怀好意地笑道，"松鼠、松鼠、松鼠！"

费利克斯尖叫起来，用手捂住了脸。

格蒂摇摇头，说："无论如何，至少亨利·胡德——那个汽车维修工，没有将我们拒之门外，因为他没有门可拒。所以，他当时只是差点儿把一口痰吐到我脸上。"

"还有一位呢？"斯坦利问。

格蒂看了眼她的记事本，说："啊，是，还有'美丽又善良'的玛格丽特·唐宁夫人。她的儿子把篮球重重地砸在了我的头上。然后唐宁夫人还说费利克斯满身狐臭味，说我的头发像鸡窝。"

"哇！"夏洛特说。

"斯坦利，坦白地讲，现在，我根本不关心谁是真正的杰基尔先生。那些人太可恶了，他们真是活该。"

"可是，我得提醒你，只有找到真正的杰基尔先生，我们才能不被学校开除。"

"你说得对，我们得赶紧把这个人揪出来。"

"所以你和费利克斯没有找到一点儿线索，或者一点儿证据，来帮助我们找到真凶吗？"夏洛特问，"除了他们都很讨厌。"

斯坦利突然拍了一下自己的前额，说："就是这样！

你们发现了吗？所有的受害人其实都是让人讨厌至极的人，这就是他们之间的相同点。夏洛特和我发现，因为德尔万的关系，很多住在三号校车沿线的孩子都不坐校车，而他们走回家的时候又会经过这些恶人住的地方。"

"还有那条恶狗。"费利克斯补充道。

斯坦利说："试想一下。杰基尔先生也有可能因为德尔万而无法坐校车，所以他就得每天走回家，然后又被这四个坏透了的大人欺负了，当然，还有那条像松鼠的坏狗。"

费利克斯将双手举在空中，说："好吧，我受够关于松鼠的玩笑了。你们别自欺欺人了，你们也一定发现了波波先生的眼睛跟毒蛇一样阴险，牙齿像大白鲨一样锋利。"

夏洛特给费利克斯扔了个东西，费利克斯接住。"樱桃味的泡泡糖？"

夏洛特耸了耸肩，说："赶紧吃吧，这样就能堵住你的嘴了。"

他将泡泡糖的包装剥掉，扔进了嘴里。

格蒂敲了敲记事本，问道："假设你刚才的推论是对的，斯坦利，但我们又怎么知道杰基尔先生是谁呢？"

"我基本可以确定，真正的杰基尔先生也在刚才的校车上。"

"所以，我们要把他们全部铐起来，严刑逼供，直到他们交代为止？"格蒂问。

斯坦利摇了摇头，说："不，这一次我们要当场抓住杰基尔先生。但是，留给我们的时间不多了，我们必须马上分析出他下一次作案的地点。"

"对，就和上次一样。"格蒂没好气地说道。

"但是这次我们掌握了之前不知道的信息。"夏洛特安慰大家，"这次我们才真正知道了为什么杰基尔先生要犯案，我们也知道了那些受害者的共性。"

"他们都很讨厌。"斯坦利脸上洋溢着笑容，"夏洛特说得对，我们需要做的就是找出住在三号校车沿线的讨厌鬼。这是我们找到下一个受害者的最好方法。"

"然后呢？"格蒂问，"我们就这么呆呆地等着杰基尔先生再次作案吗？而且那么多起案件里面，只有不到一半的案发地点在校车沿线上。这无异于海底捞针。"

"你还有更好的办法吗？"夏洛特问。

格蒂摇了摇头，叹了口气说："好吧，所以，谁会是下一个受害者呢？"

斯坦利耸耸肩，问："费利克斯，能把你平板电脑里拉芬斯堡镇的地图给我们看一下吗？"

但是费利克斯没有听见，他仰着头，使劲嗅着空气，说："我无法集中注意力了，我好饿，樱桃味泡泡糖解决不了问题。这是哪儿飘来的香味？"

夏洛特看了眼表说："一定是安德先生的热狗。他肯定在为晚上的营业做准备了。"

格蒂和斯坦利看了眼对方，异口同声地说道："安德热狗！"

"它就在三号校车沿线上。"格蒂说。

"还有，弗兰克·安德毫无疑问是我们见过的最讨厌的人。"斯坦利补充道。

"你们真的认为杰基尔先生会去找弗兰克·安德算账？"夏洛特问。

斯坦利确定地点了点头，说："我认为这是我们最好的机会。费利克斯，如果我说我们又要有一场监视行动了，而且还是监视安德热狗店，你感觉如何？"

"我想说，我感觉自己都能带领一支松鼠军了。咱们马上开始吧！"

第十六章

嫌疑人再次出现

斯坦利战战兢兢地路过老米尔特鬼屋的时候，心里就在想："为什么安德热狗店偏偏要在鬼屋旁边？"他在附近做了调查，安德先生不仅是个热狗天才和侮辱人的大师，他还是个偏执狂，总认为有人想偷走他的热狗秘方，所以他在热狗店四周围上了 12 英尺高的栅栏。

斯坦利的工作就是躲在栅栏附近的草丛里监视正门。

"呼叫呼叫。"费利克斯的声音从对讲机里传来，"如

果我们抓到了这个神经病，安德先生会不会因此感谢我们，然后给我们终生提供热狗？"

"你的人生中有没有哪一刻是没在想食物这件事的？"格蒂不耐烦地问。

小伙伴们已经在安德热狗店附近巡逻了近一个小时了。

"朋友们，我们可能又弄错了。"斯坦利沮丧地说。

"可能吧。"夏洛特通过对讲机说道，"或者，我们只是需要再等等。"

"但我们还没找到另外九个案子的联系。"斯坦利说。

"他们很可能都是讨厌鬼，就像我和格蒂访问过的那些人一样。"费利克斯说。

"是啊，也许你说得对，但是为什么是那些地方呢？三号校车途经的地方能与这五个犯罪地点重合，但一号和二号校车途经的地方并没有发生任何案件。整个拉芬斯堡初中一共就这三条校车线。"

另外九个作案地点的事困扰斯坦利一个晚上了。这怎么也说不通。如果杰基尔先生确实在这趟校车上，那怎么解释其他的案件呢？

他开始回想那张地图。其他的作案地点都在小镇的东北方，在阳光公立中学附近。这就像是……这就像是两个学校的两个不同的孩子在作案一样。

是的，一定是这样！

"有情况。"突然夏洛特的声音传来，"斯坦利，他朝你那边去了，重复，朝你那边去了。"

斯坦利一动不动，心中绷紧了一根弦，仔细地听。没错，他很确定，他和夏洛特之间的栅栏附近传来了踩在落叶上的脚步声。

他赶紧关上了对讲机，保持绝对的安静。他紧张得心脏快要跳出来了，以至于他不得不拿一只手抓着栅栏

以镇定自己。

他想起来，上一次面对杰基尔先生的时候，正是因为他的恐惧让杰基尔先生逃走了。斯坦利知道，他绝不能再犯一次这样的错误。

他从草丛里慢慢走出来，向发出声响的地方挪了三步，然后停了下来，仔细地听着。

一片安静。除了……

除了栅栏在晃动。

斯坦利仰头，看见一个黑影稳稳地停在栅栏上，这个人穿着黑裤子、黑毛衣，戴着黑面罩。毫无疑问，这就是杰基尔先生本人。

斯坦利本想退回阴影中，但那个黑影已经看见了他。黑影看上去犹豫着不知该往哪边跳。然后，他下定了决心，朝斯坦利的方向飞身跳了下来。斯坦利立刻扑向一旁，避过了他。

杰基尔先生站稳后，准备逃走。斯坦利喊道："他跑了，杰基尔先生要跑了！"

斯坦利追在杰基尔先生身后。夏洛特也迅速跑到斯坦利身边，跟上了杰基尔先生。费利克斯和格蒂也从角落出现，一起追着杰基尔先生。

斯坦利看着杰基尔先生朝他的左手边跑去。

那正是老米尔特鬼屋。

斯坦利害怕地停了下来，但他的朋友们还在追。夏洛特扭过头来喊着："快点儿，斯坦利，我们一定要抓住他！"

夏洛特是对的，斯坦利鼓起勇气，拼命地追了上去。

"他翻窗户进去了！"费利克斯大喊。他将窗户打开，让夏洛特第一个挤了进去。费利克斯跟上，然后是格蒂。

格蒂扭过头问斯坦利："你一起吗，斯坦利？"

斯坦利全身都在颤抖，他做了个深呼吸，抓着窗户的边缘，挤了进去。这时费利克斯和夏洛特已经爬上楼梯了，而鬼屋里一切都是黑漆漆、阴森森的，非常恐怖。

斯坦利紧张得几乎忘记了呼吸，格蒂转过来对他说："没关系的，斯坦利，我们在一起就没事。"

斯坦利一路抓着格蒂的衣角，跟着她飞快地跑上嘎吱嘎吱响的楼梯，当他们爬到楼上的时候，鬼屋的机关启动了。

烟雾从地上涌出，墙缝里传来让人毛骨悚然的哭泣声。头顶上一个女巫尖叫着飘过，诡异的红色灯光时不时地闪烁。

"一定是他开启了鬼屋的电源。"夏洛特提醒大家，"小心点儿，他这是要分散我们的注意力。"

突然，他们的左边传来了声响，费利克斯一把抓住，说："我抓到他了！我抓到他了！等等……好吧，我错了，这只是木乃伊的头。"

附近又有声响传来，费利克斯喊道："抓住他，夏洛特，我马上过去！"

通过闪烁的灯光，斯坦利看到夏洛特拽着一个从她身边经过的身影，然后格蒂跑过去帮忙，费利克斯也扑了上去。

"我们抓住你了，杰基尔先生！"费利克斯尖叫着。

"不，你没有，费利克斯。"格蒂说，"你抓的是我！"

"还有，你俩抓的是我。"夏洛特在下边吼道。

"他刚才一定趁乱跑了。"格蒂边说边努力站起来，但是她、夏洛特和费利克斯都被一张黏人的巨大蜘蛛网绊住了。

格蒂扭过脸对斯坦利大喊道："快去追，斯坦利！我们都被这可恶的蜘蛛网缠住了，你是唯一一个可以追

他的人了。"

"但是我根本不知道他去哪儿了。"斯坦利无助地说。

"他要逃跑了啊，斯坦利，现在只有一个方法能追上他！"

斯坦利明白她的意思。

他要通过死亡隧道。

他看着走廊那边血盆大口形状的大洞，屏住了呼吸，全身开始颤抖。"不，我不行。"

"你必须这么做！"夏洛特喊道，"难道你想让我们被学校开除吗？"

斯坦利再次看向远处墙上的黑洞，那是一张小丑的脸，牙上还滴着血。

"我必须这么做。"他紧紧闭上眼睛，一头栽进了黑洞里。他太害怕了，以至于完全发不出声音。他整个人像离膛的子弹一样穿梭在死亡隧道里。终于，他从隧

道冲了出去，掉在了一大堆鼻涕虫和呕吐鬼中。他顾不

上害怕，拼命从玩偶堆中爬了出去。

　　他看见一个带着面罩的人正跑出老米尔特鬼屋。

　　杰基尔先生！

斯坦利冲上去，用身体将他扑倒，死死压着杰基尔先生的肚子。杰基尔先生一边大声叫着，一边试图挣脱斯坦利的控制。斯坦利就是不肯放了他。突然，身后传来脚步声，斯坦利扭头看到了正向他跑来的夏洛特、费利克斯和格蒂。

夏洛特瞪大了眼睛问："你抓住他了？"

"是的。"斯坦利边说边转向在他身下挣扎的杰基尔先生，"让我来看看，这神秘的杰基尔先生到底是谁。"

斯坦利抓住面罩，一把扯了下来。

意想不到的是，面罩的背后竟是一张他们熟悉的稚嫩的脸。

"赫尔曼·戴尔？"格蒂惊讶地说。

赫尔曼飞快地扫视了一下四周，试图挣脱束缚。"你能先放开我吗？"他吼道。

大家围了个圈，然后斯坦利把他放开了。

"赫尔曼·戴尔？"费利克斯重复了一遍，和格蒂的语气一模一样。

赫尔曼看了一圈数学侦探社四个小伙伴的脸，然后转向斯坦利，问道："为什么你看起来没那么惊讶？"

"因为就在几分钟之前我已经猜到是你了。但你为什么要这么做，赫尔曼？你吓坏了小镇上的很多人。"

"更不要提，你让整个镇的人认为是我们干的。"格蒂愤怒地说，都快背过气了。

赫尔曼的脸变得僵硬起来，他咬了咬嘴唇，但最终什么也没说。

"如果你还不打算告诉我们真相，我们只有把你交到警察局了。"斯坦利威胁道。

赫尔曼耸了耸肩，说："我刚才只是在老米尔特鬼屋附近散步，你们就莫名其妙地抓住了我。这就是我要

说的。"

斯坦利继续说："好吧，赫尔曼，我们来说说你。你知道吗？有很长一段时间，我们都找不到杰基尔先生犯案的模式，直到格蒂发现其中的五个作案地点和三号校车每天行驶的路线重合。"

"夏洛特和我今天下午也坐了三号校车。"斯坦利边说边看了眼夏洛特。

她闭上了眼睛，回想校车上的人。突然，她睁开了眼睛，说："你当时也在校车上。"

斯坦利补充道："之后，我们就找到了杰基尔先生犯案的原因。"

赫尔曼的目光犹疑了一下。

"杰基尔先生的目标是对他非常刻薄的人。"斯坦利说。

"还有凶残的、咬人的恶狗。"费利克斯补充道。

赫尔曼的肩膀垂了下来。

"所以我们能做的就是推测杰基尔先生的下一个目标会是谁。谁是拉芬斯堡镇最讨厌的人？弗兰克·安德。"

赫尔曼将双臂放了下来，手放进口袋里。

"刚才，我蹲守在安德热狗店正门的时候就在想，为什么其他作案地点没有在拉芬斯堡初中校车的沿线上。突然，我想到，有没有可能其他的作案地点在另外一个学校的校车沿线上呢？比如阳光公立中学。"

赫尔曼快速地眨了几下眼睛。

"这就只能说明一个问题——这个人不但在拉芬斯堡初中上学，而且还曾经在……"

夏洛特打了个响指，说道："在阳光公立中学上过学。"

"没错。"斯坦利继续说，"你是今天校车上唯

——一个曾经在阳光公立中学上过学的人。你就是犯下这些案件的杰基尔先生。"

赫尔曼颤抖了起来，问道："你知道被人针对是什么样的感觉吗？"

斯坦利点了点头，说："我当然知道。"

赫尔曼咬紧牙关。"每一天都被针对？"

斯坦利顿住了，最后，他开口说："我想……我不知道。"

"那种感觉很绝望。我只是想让他们体会到我的痛苦和恐惧，只是我所承受的一点点痛苦和恐惧。"

"我懂了，赫尔曼，"夏洛特说，"真的。但你知道你在深夜闯进别人家干坏事，这有多么糟糕吗？"

"我知道。"赫尔曼说。

"不管如何，你是怎么做到的？深夜潜入别人家，然后做了坏事，还没有把大家吵醒。"费利克斯问道。

"你真的想知道吗？"

"不，最好我们什么都不知道。"格蒂说，"但是，有件事我很好奇。我懂你为什么要对那些人和狗做那种事。但是，水塔怎么惹你了？"

赫尔曼笑了笑，说："那座水塔为我家供水，它供的水是我喝过的最难喝的水，这让我很生气。"

夏洛特眯起眼睛，说："那栅栏的那次呢？为什么你要留张都是数学术语的字条诬陷我们呢？"

赫尔曼一脸茫然。"我可不知道什么栅栏和字条的事，你们是在蒙我吗？"

四个小伙伴互相看着对方，也迷惑了。一分钟后，斯坦利说："我早就该猜到的，那张字条的话读起来像是一首诗，仔细想想，那里的数学术语不是都用错了吗？好啊，好啊，为了爱情和战争，一切都可以不择手段，是吧？"

　　"我就知道。"格蒂生气地说，"我就知道波莉·帕特里奇不会干什么好事，她一定和这件事有关系。那字条上的文字这么押韵，肯定出自那帮英语怪胎之手。那晚一定是她假装杰基尔先生，蓄意诬陷咱们。"

　　"但是，她是怎么知道咱们那晚要行动的？"斯坦利问。

　　夏洛特猛击了下拳头，说："简单，她跟踪我们。还记不记得那天在树屋听到的嘈杂声，我们还以为是桶桶在外面，一定是波莉在监视咱们！"

　　费利克斯惊讶地向后退了几步，说："你是说波莉在监视我？我吗？"

　　"她甚至不知道你是谁，费利克斯！"格蒂又一次提醒他，"夏洛特是对的，波莉一直在监视我们，跟踪我们，然后设计陷害我们，还想要学校开除我们。不，等等，她可不只是想要学校开除我们，波莉·帕特里奇想让我们进监狱！真搞不懂，为什么，那个喜欢鲍勃·莎士比亚的……"

斯坦利挥手打断了她的话："等等，格蒂。现在我还有一些疑问。赫尔曼，我还是没搞明白，为什么你要起杰基尔先生这个名字？那个有名的故事里的主人公是杰基尔博士和海德先生啊，你为什么要改成杰基尔先生？"

赫尔曼不解地说："哦？我以为就叫杰基尔先生呢，我肯定是搞错了。不过，坦白地讲，我英语一直都不太好。"

"我已经有点儿喜欢你了，赫尔曼。"格蒂说。

斯坦利也是。他明白了赫尔曼为什么这么做，他也不想把赫尔曼送进监狱，但是……

"赫尔曼，"斯坦利说，"我们现在有个问题。我们其实可以把你送到警察局洗脱我们的冤屈，但是，坦

白地讲，我们都被嘲笑过，被欺负过，我真心觉得你不该进监狱。当然，我也不觉得我们应该为没有做过的事而进监狱。所以，赫尔曼，我有个提议，这需要你最后以杰基尔先生的身份做一件事，帮我们洗脱罪名。之后，你就此收手，不要再做了，以后也不要因为生气、想报复而做这些傻事了。我希望你能和朋友一起玩。"

"但是，我没有朋友。"赫尔曼说。

斯坦利与夏洛特、费利克斯、格蒂交换了个眼神，郑重其事地说道："现在，你有了。"

"你是认真的吗？"赫尔曼问。

"我很认真。"斯坦利说。

赫尔曼有些不知所措。"谢谢。"

"所以我现在应该回到安德热狗店吗？然后按照计划，把他的脑袋喷成蓝色，把他所有的热狗也喷成蓝色？"

"不，"斯坦利说，"我想整的可是另一个人。"

格蒂挑起了眉毛。"你想的不会是我想的那个人吧？"

斯坦利笑了笑。"如她所愿，一切都可以不择手段。"

第十七章

最后一件事

第二天上午 11 点整，斯坦利、夏洛特、格蒂和费利克斯穿着他们最好的衣服端坐在学校董事会会议室第一排，他们的父母在他们身后坐着。

"全体起立！"董事会主席拉姆帕斯夫人边说边带领其他董事会成员走进了会议室。

"天哪，"格蒂说，"他们以为自己是谁啊，还起立。"

"忍住，格蒂。"斯坦利悄悄对格蒂说，"我们现在需要表现好点儿，其他的我们控制不了。"

格蒂于是一边挤出笑容对董事会的成员们点头，一边说："形势对我们可不是很有利呢。"

斯坦利无奈地耸了耸肩。德尔万的父亲和波莉的母亲也是五个董事会成员中的人。斯坦利很清楚他们一定不会站出来为他们四个人辩护。

在宣读了誓词后，拉姆帕斯主席带领大家唱了三段拉芬斯堡学区的区歌。

之后，所有人坐下来，大屏幕上显示出会议安排表。斯坦利看到他们的事情被安排到了第三个。他看了看手表，心想，就快了。

拉姆帕斯主席用她的木槌敲了敲桌子以示安静，说："第一件事，是我们临时加进来的，很紧急。超德先生，您能给大家讲一下吗？"

"当然了，主席。我们在座的所有人都知道，在昨

晚的比赛中，毛毛虫队被战斗蝴蝶队打败了。当然，我们在座的所有人也都知道，失败的根本原因是我的儿子德尔万·超德因为在昨天的假期中过敏了，所以没能参加这场比赛。"

超德先生举起了一沓纸。

"我手中有一百个签名请董事会介入此事，我们想等德尔万康复以后，重新举办一场比赛，让水晶杯回到真正属于它的地方。让孩子们再比一场！"

"谢谢超德先生。"主席说，"我们会对这个提议进行表决。"

斯坦利又开始看手表。

到了投票时间，董事会成员每个人都大声宣布了自己的投票。不出所料，投赞成票的数量和拉芬斯堡初中在董事会的成员的数量一致。可是在董事会中，拉芬斯堡初中的成员没有阳光公立中学的成员多，所以提议被否决，战斗蝴蝶队毫无疑问地成为本年度的冠军。

拉姆帕斯主席继续用木槌敲了敲桌面，以进行下一项表决。她说："拉芬斯堡初中科学社团的同学们，请到台前来。"

斯坦利惊讶地看了看周围，发现会议室后面竟然还坐着布莱兹·布朗、哈里·门德尔和玛丽·肖。他都快忘记他们近来有种种可疑的行为了。现在真相大白，他终于知道是为什么了。

科学社团的伙伴们走到台前，面对着校董们。

布莱兹清了清嗓子。"在做了很多的调查后，我们发现在拉芬斯堡初中存在大量的浪费现象。我们科学社团的成员通过不懈努力，发明了一套系统，可以将我们学校的垃圾回收率提高到94%。因为这是一套最新最有效的系统，所以我们将这个项目命名为'新效垃圾管理项目'。鉴于各位董事都很忙，我们特意精简了项目

书，不到一百页，所以不会花各位太长的时间。我们有信心……"

那句话之后，斯坦利就没有再仔细听了。直到他又听见木槌敲击桌面的声音，那令人害怕的话语传来："请那四位号称数学侦探的学生站起来。"

斯坦利感觉到会议室里的每一双眼睛都盯着他。

拉姆帕斯主席说："好，现在，我们请拉芬斯堡警察局局长艾布拉姆斯进来。大家记住，站起来的这四位同学涉嫌实施多起故意破坏他人财物的案件。所以我们今天要决定，在他们接受审判之前是否应该将他们开除。"

斯坦利使劲咽了口口水，看了看表。"费利克斯最好是对的。"他想。

艾布拉姆斯局长讲起了整个案件的经过，超德先生和帕特里奇夫人时不时打断他，问他为什么某个细节可以证明是数学侦探社的孩子们干的。每次，艾布拉姆斯局长都会耐心解释一通。

当他结束之后，拉姆帕斯主席失望地摇了摇头，然后盯着斯坦利，说："克鲁索同学，我们都是很公正的人，现在我们想给你机会来为自己辩驳一下。你有什么要说的吗？"

斯坦利差不多是第十次看了看手表，然后他说道："尊敬的董事会成员们，我本期望我们作为学生和公民，做些有助于社会正义的事，能使你们信任我们。但很遗憾，事实并非如此，尽管艾布拉姆斯局长向你们展示了这些所谓的证据，但是我唯一能做的事就是，直视你们的眼睛，然后认真地告诉你们，我是亨利·克鲁索和克拉拉·克鲁索的儿子，我向你们发誓，无论如何，我和我的朋友都绝对不会做那样的事。我知道，此时说这些话并不能证明什么，所以我想向你们提供我能想到的唯一的证据。

女士们，先生们，有请费利克斯·德维什。"

费利克斯走上前，说道："我想向大家分享我在万圣节晚上遇到的一个真实的事情。其实我是万圣节第二天才恍然大悟的。那个时候，我正坐在我家的地板上，盯着眼前的两堆糖果。左边的一堆是巧克力豆，右边的一堆是樱桃味棒棒糖。这全得益于我在万圣节有如神助的运气，让我收获了两大堆糖果。"

帕特里奇夫人在一旁嘲笑道："我不知道你说的这些和你们现在的事情有什么关联。"

"还有，为什么还会有人在万圣节给一个 6 英尺高的大小伙子糖果呢？"董事会的另一位成员问。

"这是个好问题。"费利克斯回答道，"我保证我会在接下来的几分钟给大家讲明白，如果各位允许我继续的话。"

这时，斯坦利悄悄示意费利克斯尽量拖时间。费利克斯点了点头。

"别担心。"费利克斯继续说，"当时，我就下楼去冰箱里找了一罐腌黄瓜。就在那个时候，我灵光一闪，事情有了突破。我把这个新美食定义为巧克力豆腌黄瓜棒棒糖，一部分巧克力豆，一部分腌黄瓜，一部分棒棒糖，吃起来太美妙了。梅布尔已经同意把这个美食作为实验新品出售。"

"我必须要叫停了。"拉姆帕斯主席忍不住打断了费利克斯。

"让他们说下去！"会议室的后面传来了怒吼声。

斯坦利扭过头，看见是拜勒姆教练。显然是巧克力豆腌黄瓜棒棒糖引起了教练的兴趣。

"那我继续了。"费利克斯说，"我还想到了些别的点子，比如把夹心蛋糕浸在根汁汽水里。"

"够了！"拉姆帕斯主席怒吼道，"我觉得我们可

以表决了。按照惯例，我们有 5 分钟的思考讨论时间。"

帕特里奇夫人向麦克风跟前凑了凑，说道："我觉得我们不需要那 5 分钟思考时间，主席，我们现在就可以投票了。"

董事会的每个成员都在点头。

"很好。"拉姆帕斯主席说，"我最后投我的票，请你们依次投票。"

"史密斯先生？"

"开除！"

"超德先生？"

"开除！"

"格罗斯曼先生？"

"开除！"

"帕特里奇夫人？"

"统统开除！"

"看来，我的投票也不重要了，但是为了保证公平性，我还是要投……"

就在这时，帕特里奇夫人的手机响了。但是，她没有拒听电话，反而接起电话小声说："你知道妈妈很忙的。你说的事最好很重要。"突然，她尖叫着站了起来，喊道："你说什么？！"

帕特里奇夫人跟跄着离开座位，穿过过道，跑向会议室出口，边跑边喊："不着急，小宝贝，妈妈马上就来！"

"帕特里奇夫人！"拉姆帕斯主席在她身后喊着，"发生了什么事？"

帕特里奇夫人扭过身。"又是杰基尔先生那个浑蛋，他又出现了，他刚刚袭击了我的宝贝女儿！"

"什么？"拉姆帕斯主席惊讶地说。房间里的人开始交头接耳起来。

艾布拉姆斯局长看了下他的手机，尴尬地说："看来，

看来我必须……"他抬头看了眼董事会的人，"我有急事要处理。"说完，他便起身准备离开。突然，他停顿片刻，看向了斯坦利，转身对董事会成员说："但显然，这四个人并不是杰基尔先生，所有的指控都将取消。"

✦

那一天，四个孩子和他们的家长去梅布尔小餐馆点了巧克力豆腌黄瓜棒棒糖。除了费利克斯，所有人都觉得那是史上最难吃的东西。费利克斯却很满意，他还为大家点了夹心蛋糕配根汁汽水。

但没人介意，因为正是因为费利克斯对波莉的过度关注，整件事才可能成功。他知道波莉和英语社团的人每周六上午 11 点都会在她家后院排练莎士比亚的戏剧。

没想到这个信息成了整个计划的关键。

那天，四个小伙伴离开梅布尔小餐馆后，就回了树屋。费利克斯拿出了他的平板电脑，说："赫尔曼已经将视频上传到网上了。波莉，我会比你还要难过的。"

他找到了最近点击率最高的视频，视频下方已经有很多留言了。视频的镜头起初在一个两层高的白色房子的屋顶上晃，然后转向了房屋的后院，那里有一些穿着怪异的 12 岁孩子在排练戏剧。镜头聚焦到了其中一个女孩儿的身上，她似乎沉浸在自己精湛的表演中，正倚在一条从楼上阳台垂下来的绳子上，深情地说："罗密欧，我的罗密欧，你究竟在哪里，罗密欧？"

这时只见连着绳子的油漆桶哗啦啦将里面的蓝色油漆正正洒在了美丽的"朱丽叶"的头上。蓝色的波莉·帕特里奇吓得尖叫了起来。

"这要给波莉留下不可磨灭的印记了。"格蒂说。

　　"还是蓝色的印记。"夏洛特补充道，"赫尔曼这次用的是重防腐漆，够她洗好几周了。"

　　视频的镜头又移到了前院，草地上用蓝色的油漆写着一个名字。

杰基尔先生!

视频结束了。数学侦探社的四个小伙伴高兴地跳了起来,击掌庆祝。

然后,费利克斯拿起了电视遥控器说:"让我们来看看我们的老朋友艾布拉姆斯局长是怎么说的。"他把台换到了斯特拉·伯格的《五点新闻》。

"呃,没有,斯特拉,"局长说,"我们没有任何头绪。但是我们会重新对杰基尔先生案进行调查,我坚信我们一定能很快找到真正的杰基尔先生。"

"这次您又错了,局长。"斯坦利对着电视里的局长说,"因为真正的杰基尔先生已经金盆洗手了。"

"另外,"费利克斯说,"如果想破案,直接来找我们数学侦探社!"之后,他从沙发上跳起来,伸出双臂和双腿。这次他终于做成了这个乘号,完美地落在了地上。

斯坦利大笑道："你确实是个奇怪的人，费利克斯·德维什。"

费利克斯也笑了笑。"再次谢谢你的提醒。"

第十八章

同一时间

晚上，所有的商店都关门之后，一家店里的灯亮了。

一双熟练的手在精心挑选的木头上精准地做记号并进行切割。

凌晨 3 点，又一个模型完成了。

这次的模型满足了所有要求，操作精度也非常高。但是，它可以通过最后的测试吗？

70 磅[①] 重的沙袋一个个堆在了上面，它依然稳固。

"再来一袋。"工匠说着，把最后一袋放在了上面。

等了一会儿，一切都很顺利，模型依然很稳固。

突然，它发出了碎裂的声音，一下子就散成了一堆木头。

工匠叹了口气，看了看表，又看了眼日历。

只剩 47 天了。

拉芬斯堡镇的人还在熟睡，木头零件被扫到了一边。工匠仔细地挑选最合适的木头，并且开始着手下一版的设计。

时间已经不多了，后续的计划都指望着这东西，连睡觉都变得奢侈。

这就是和老大做交易的代价。

---

① 磅：英美制重量单位，1 磅约等于 0.45 千克。